Stefan Braun

Komm, lass uns Hummeln suchen!

Stefan Braun

Komm, lass uns Hummeln suchen!

Novelle

Bibliografische Information der Deutschen Nationalbibliothek: Die Deutsche Nationalbibliothek verzeichnet diese Publikation in der Deutschen Nationalbibliografie; detaillierte bibliografische Daten sind im Internet über http://dnb.dnb.de abrufbar.

Lektorat: Anne-Katrin Weise
Cover-Illustration: Paula Gaspar
Verlag: BoD · Books on Demand GmbH, In de Tarpen 42, 22848 Norderstedt
Druck: Libri Plureos GmbH, Friedensallee 273, 22763 Hamburg
ISBN: 978-3-7597-7024-0

EINS

Der Tag, an dem Julians Bruder krank wurde, begann mit dem schrillen Alarm des Weckers auf dem Nachttisch.

»Sebastiaaan«, rief Julian laut, als der Wecker zum vierten Mal klingelte, ohne dass sein Bruder reagierte. Genervt sprang Julian aus dem Bett, klatschte mit der Hand auf den Knopf und schaltete den Wecker selbst aus.

»Sebastian!«, wiederholte er, während er sich neben ihn auf die Bettkante setzte.

Sein Bruder öffnete müde die Augen, zog sich die Decke über den Kopf und drehte sich auf die andere Seite.

Julian schüttelte still den Kopf, aber ließ von ihm ab. Den Spaß, ihn wachzurütteln, würde er ausnahmsweise aufschieben – zu dringend musste er auf die Toilette. Rasch schaltete er seinen eigenen Wecker aus (der meist nur ein paar Minuten später läutete) und ging ins Bad. Als er zurückkam, lag Sebastian immer noch unter seiner Bettdecke.

Julian zog die Decke zurück, rüttelte an Sebastians Schulter und grinste.

»Lass mich«, stöhnte sein Bruder.

Julian stutzte. Sebastian sah ziemlich gequält aus.

»Ist alles OK bei dir?«, fragte er.

»Ich glaub, ich bin krank«, sagte Sebastian.

Julian berührte Sebastians Stirn. »Du hast Fieber. Ich sag Mama Bescheid.«

Er verließ das Zimmer und ging in die Küche, in der seine Mutter Susanna bereits begonnen hatte, Frühstück vorzubereiten. Julian setzte sich auf die Eckbank am Küchentisch und wartete auf sein Müsli.

»Sebastian kann heute nicht in die Schule«, sagte er. »Er ist krank.«

»Wirklich?«, sagte Susanna beunruhigt und stellte zwei Müslischalen auf den Tisch.

Julian nickte. »Seine Stirn ist heiß. Ist Papa schon los?«

»Ja«, sagte Susanna und rührte für Julian einen Kakao an. Dann stellte sie ihn auf den Tisch und sagte: »Ich geh mal Fieber messen«.

Julian sah aus dem Küchenfenster. Heute war Freitag, der letzte Schultag vor den Pfingstferien, und die Sonne schien bereits kräftig. Was sie wohl in den Ferien machen würden? Eine Reise hatten sie nicht geplant, aber er konnte mit Sebastian etwas unternehmen, sobald er wieder gesund war. Und er würde sich mit Markus treffen, seinem besten Freund, mit dem er in eine Klasse ging.

Als Julian zurück in sein Zimmer ging, um sich anzuziehen, saß Susanna an Sebastians Bett und streichelte ihm vorsichtig über den Kopf.

»Und?«, fragte Julian.

»Neununddreißig Fieber«, sagte Susanna. »Ich muss dringend in die Apotheke und ein paar Sachen besorgen.« Sie stand auf, gab Julian einen Kuss und wünschte ihm einen guten Tag in der Schule.

Julian lief das Treppenhaus abwärts und verließ das Haus. Draußen war es frisch. Aber wenn es beim Wetter der letzten Tage bliebe, würde es bis zum Mittag sommerlich warm werden. Um in den Fahrradkeller zu gelangen, musste Julian eine schwere Stahltür aufschließen und sein Fahrrad über eine kurze Treppe nach oben tragen. Das war für ihn schon längst zur Routine geworden. So lange er denken konnte, wohnten sie hier, im fünften Stock eines Mehrfamilienhauses. Ihre Wohnung hatte drei Zimmer, und eins davon teilte er sich mit seinem Bruder. Sebastian war etwa drei Jahre älter als Julian, der in die sechste Klasse ging und in ein paar Wochen endlich seinen zwölften Geburtstag feiern würde.

Julian schwang sich aufs Fahrrad. Auf halbem Weg zur Schule traf er Markus. Wie immer versuchten sie, einen Großteil der Strecke freihändig zu fahren. In der Klasse waren sie dafür bekannt. Ihre Mitschüler witzelten regelmäßig, warum sie nicht ihre Hausaufgaben morgens auf dem Fahrrad machten, wenn sie doch ihre Hände für nichts anderes bräuchten. Aber so verrückt waren sie nicht. Ihre Hände waren stets bereit, den Lenker zu greifen, wenn sie nicht gerade in ein paar Runden Schere, Stein, Papier verwickelt waren.

Am Schultor herrschte eine ausgelassene Stimmung. Die älteren Jahrgänge versammelten sich meist hier, um vor dem Unterricht zu rauchen und sich zu unterhalten. Die beiden Jungs lotsten ihre Fahrräder durch Rauchwolken und fröhliches Stimmengewirr in Richtung Fahrradständer. In ihrer Klasse war die Stimmung ebenfalls gut. Alle freuten sich auf die anstehenden Ferien. Der Unterricht startete dagegen zäh – mit Geschichte und einer Doppelstunde Mathematik. Geradezu hämisch schien die Sonne zu den Fenstern herein, während sie vorchristliche Jahreszahlen ein- und die letzten Buchstaben des Alphabets ausklammerten.

»Pst, Julian«, flüsterte Markus ihm zu. »Was machst du nachher?«

Julian drehte sich unauffällig zu Markus und gab leise zurück: »Sebastian und ich entwickeln gerade eine App.«

Markus staunte. »Cool, seit wann kannst du programmieren?«

»Gar nicht. Das macht mein Bruder. Wir überlegen uns aber zusammen, was die App können soll.«

»Kann ich mitmachen?«, fragte Markus.

»Klar.« Julian prüfte, ob der Lehrer etwas von ihrem Dialog mitbekam. Aber Fehlanzeige. »Ich ruf dich an, wenn ich zu Hause bin«.

Plötzlich fiel ihm ein, dass Sebastian Fieber bekommen und zu Hause geblieben war. Im Flüsterton sagte er zu

Markus: »Sebastian ist krank, ich glaube das wird heute nichts. Er hat Fieber.«

Nach dem Matheunterricht hatten sie Deutsch. Im Klassenzimmer wurde es warm. Schwitzend brachten sie eine Inhaltsangabe zur *Insel der blauen Delfine* aufs Papier, bevor sie mit Vollgas in die große Pause starteten. Als um halb zwei endlich die Schulglocke läutete und die Schüler in die Ferien entließ, lagen sich die Mädchen noch minutenlang in den Armen, als würde die Welt untergehen. Die Jungs verabschiedeten sich dagegen mit einem Kopfnicken, radelten bei ungetrübtem Sonnenschein sogleich in den Ferienbeginn und in surrende Schwärme merkwürdiger Insekten hinein, die nur darauf bedacht zu sein schienen, mit ihnen auf Augenhöhe zu fliegen. Als Julian zu Hause ankam, klebten unzählige geflügelte Körper in seinem Gesicht und ein Zettel am Küchentisch. Er erkannte Susannas Schrift.

Lieber Julian,
deinem Bruder geht es nicht gut. Wir sind im Krankenhaus. Papa kommt nachher wieder, um dich abzuholen. Bitte warte einfach auf ihn.
Bis später, Mama

Erschrocken legte Julian den Zettel zurück auf den Tisch. Sebastian hatte Fieber. Warum musste er deshalb ins Krankenhaus? Fieber hatten sie beide schon oft gehabt. Man fühlte sich schlapp und unwohl, bekam Wadenwickel oder ein Medikament. Aber seit wann musste man deshalb ins Krankenhaus?

Unschlüssig ging er durch die Wohnung, schaute in jedes Zimmer. Alles war still. Plötzlich fühlte er sich sehr allein. Sein Blick fiel auf Sebastians Bett. Dessen Schlafanzug lag grob zusammengefaltet auf der Zudecke. Aus Kindertagen hatte er einen kleinen Löwen als Kuscheltier, den er selten ins Bett nahm – nun lag er zwischen Kissen und Wand. Vermutlich hatte er ihn gestern zum Einschlafen aus dem Schrank geholt, weil er sich krank gefühlt hatte. Julian setzte sich auf Sebastians Bett und nahm den Löwen in seinen Arm.

Was hatte sein Bruder?

Plötzlich fiel ihm etwas ein. Vor ein oder zwei Wochen hatte Sebastian erzählt, dass er Probleme mit seinen Fingern hatte, oder so ähnlich. Julian wusste nicht mehr, wie er es ausgedrückt hatte. Aber die letzten Tage war es Sebastian schwergefallen, auf der Tastatur zu tippen, um den Code für ihre App zu schreiben.

Ängstlich presste er seinen Rücken gegen die Wand und umklammerte den Löwen noch fester. Wann kam sein Vater endlich nach Hause, um ihn abzuholen? Er griff nach Sebastians Schlafanzug und roch daran. Das beruhigte ihn etwas. Plötzlich erinnerte er sich an einen Abend vor vielen Jahren, als ihre Eltern sie zum ersten Mal allein gelassen hatten. Julian fünf, Sebastian acht, hatten sie den Aufbruch ihrer Eltern schlagkräftig nach Worten unterstützt; sie fanden es äußerst spannend, allein zu sein. Ihre Eltern hatten ihnen erklärt, für ein gutes Stündchen zu den Nachbarn in der Wohnung nebenan gehen zu wollen und sie bei ihrer Wiederkehr hoffentlich schlafend vorzufinden. Als die Tür hinter ihnen ins Schloss fiel, fielen die Brüder zunächst über das Speiseeis im Kühlschrank her und dann über sich selbst, als sie eine Kissenschlacht erster Sahne veranstalteten. Julian würde nie vergessen, was für einen Spaß sie an diesem Abend hatten – und welch ängstliche Aufregung sie nach Anbruch der Dämmerung erlebten...

Der Abend kam mit rascher Dunkelheit. Da sie mit ihren Eltern um neun rechneten, vereinbarten sie, um halb neun ins Bett zu gehen und eine Kassette zu hören. Zwar waren Kassetten längst aus der Mode gekommen, aber ihr Vater hatte ihnen vor langer Zeit seinen alten Rekorder geschenkt, mit-samt einigen Hörspielen aus den Neunzigern, die er in seiner Jugend gehört hatte. Am besten gefiel ihnen die Folge *Poltergeist* von den drei Fragezeichen. Sie hatten sie schon unzählige Male gehört.

Beim Zähneputzen, als sie sich mit Zahnbürste im Mund und Zahnpasta an den Händen durch die Wohnung jagten, fühlten sie sich noch unbesiegbar. Doch als sich Trägheit auf ihr Gemüt legte und die Wohnung in heimlichem Licht lag, wich ihnen alle Wärme aus den Gliedern und sie verkrochen sich schnell in ihre Betten. Sebastian legte eine Hörspielkassette ein, während es draußen zu gewittern begann. Still lauschten sie den drei Detektiven, fanden aber weder Ruhe noch Schlaf. Viel eher breitete sich

Unwohlsein in ihnen aus. Aber noch behielten sie ihre aufkeimende Angst für sich.

Das Hörspiel endete. Ein Moment Stille, nur mit dem leeren Rauschen der Bänder angefüllt. Dann jenes laute, plötzliche, die Stille zerreißende Klacken, als der Knopf hochsprang, den sie zum Abspielen der Kassette gedrückt hatten. Und danach – Totenstille. Selbst das Gewitter war vorübergezogen.

Diese Totenstille, in der sie beide ihre Eltern schrecklich vermissten, durchbrach ein Knacken. Wenngleich ein Knacken in einer alten Wohnung nichts Ungewöhnliches ist, setzte sich Julian kerzengerade auf, sein Herz pochte vor Angst.

»Hast du das auch gehört?«, fragte er so leise wie möglich. »Glaubst du, da ist jemand?«

»Ich glaube nicht«, sagte sein Bruder beruhigend. »Aber lass uns nachsehen.«

Schon schlug er die Bettdecke zurück und stand auf. Leise folgte Julian ihm über den weichen Teppich, was gar nicht so einfach war. Schmerzhaft trat er auf mehrere Legosteine, aber er gab keinen Mucks von sich. Sebastian öffnete die Tür, vorsichtig tapsten sie in den Flur. Die Kälte der Fliesen unter den Fußsohlen breitete sich im ganzen Körper aus. Sebastian fand den Schalter, knipste das Licht an und sorgte damit für ein wenig Beruhigung, denn alles war in bester Ordnung. Kein Einbrecher machte sich bei ihnen zu schaffen. Ein Blick auf die Uhr – halb zehn. Sie krochen zurück ins Bett. Aber Julian war immer noch unwohl zumute.

»Kannst du zu mir ins Bett kommen?«, fragte er seinen Bruder.

Ohne zu zögern kam Sebastian zu ihm. Dankbar drehte Julian sich auf die Seite, aber empfand nach kurzer Zeit erneut Unruhe. Leise fragte er: »Bist du noch da?«

»Ja«, beruhigte ihn Sebastian.

Julian aber, der stets mit dem Gesicht zur Wand einschlief, fehlte die Gewissheit. Er hatte Angst, Sebastian könne plötzlich verschwunden sein. Also öffnete er die Schublade seines Nachttisches und zog einen dicken Wollfaden heraus, an dessen Enden ein Bleistift und ein Radiergummi befestigt waren. Normalerweise benutzte er den Stift zum Malen. Sein Vater hatte irgendwann mit dem Wollfaden einen Knoten um Bleistift und Radiergummi gemacht, damit er beides immer parat hatte. Er löste die Knoten auf, nahm ein Ende des Fadens in die Hand und bat seinen Bruder, das andere Ende festzuhalten. Als Julian seine Augen schloss, spürte er die sanfte Spannung des Fadens und wusste, dass Sebastian noch neben ihm war und ihn beschützte. Kurz danach löste sich die Spannung des Fadens an Julians Ende ...

Es rasselte im Türschloss. Friedbert, sein Vater, kehrte heim. Julian sprang auf, lief in den Flur und rief: »Papa, was ist mit Sebastian?«

Friedbert zog sich mit besorgter Miene die Schuhe aus und legte ein paar Sachen ab. »Wir wissen es nicht«, sagte er kopfschüttelnd. »Er hat hohes Fieber und ist apathisch. Vielleicht ein Virus. Oder eine allergische Reaktion.« Suchend sah er sich um, wirkte zerstreut. »Ich muss ein paar Sachen packen für Mama und Sebastian. Mama wird heute Nacht im Krankenhaus bleiben.«

Rasch packte er eine kleine Tasche, während Julian im Flur wartete. Er wagte es nicht, sich von der Stelle zu bewegen, als würde jede seiner Bewegungen Sebastians Gesundheit beeinträchtigen können. Erst als Friedbert ihm die Anweisung gab, sich anzuziehen, folgte er.

So schnell es ging, fuhren sie zum Krankenhaus. Als sie ankamen und von einer Krankenschwester zu Sebastians Zimmer geführt wurden, fanden sie es leer vor. Friedberts Gesicht veränderte sich: zuerst flackerte ein Hoffnungsschimmer darüber – war Sebastian entlassen worden, weil es ihm wieder besser ging? – dann versteinerte es sich und er folgte der Schwester zurück zum Empfang. Als diese in einem Hinterzimmer verschwand, griff Julian nach Friedberts Hand. Sie war eiskalt. Nervös starrten sie auf die Tür, bis sie sich wieder auftat und die Schwester herauskam. In der Hand hielt sie ein Klemmbrett mit Zetteln. Sie legte es vor Friedbert ab und legte einen Stift darauf. »Ihr Sohn wurde auf die Intensivstation verlegt. Sie müssten mir bitte diese Formulare ausfüllen, damit ich Sie hinbringen kann.«

Nervös nahm Julians Vater die Formulare entgegen und reichte sie wenig später ausgefüllt zurück. Daraufhin führte die Schwester sie durch die kahlen Flure in einen anderen Abschnitt des Krankenhauses. Still lief Julian hinterher, wagte nicht zu sprechen und umklammerte Sebastians Löwen, den er ihm mitbringen wollte. Die Schwester sagte, dass Sebastian in einem Isolierzimmer für Quarantänepatienten untergebracht worden sei und sie sie nur bis in den Flur davor mitnehmen könne. Das Isolierzimmer befand sich am Ende eines langen Flurs. Dort, ganz am Ende auf einem Stuhl sitzend, sahen sie Susanna, die mit tränenverschmiertem Gesicht aufblickte und ihnen entgegenkam, als sie sie sah.

»Sie haben ihn in dieses Zimmer gebracht«, schluchzte sie und zeigte auf das letzte Zimmer im Flur. »Sie glauben, er habe ein Virus. Ich darf nicht mehr zu ihm!«. Ihre Stimme brach ab und sie vergrub ihr Gesicht an Friedberts Schulter.

Wenig später kam der Oberarzt, führte sie in sein Arztzimmer und bat sie, Platz zu nehmen.

»Ihr Sohn hat hohes Fieber«, begann der Arzt, »erhöhte Entzündungswerte und krampfartige Störungen des Bewegungsapparates und der Skelettmuskulatur. Wir kennen die Ursache noch nicht. Diese Symptomatik kann bei Entzündungen der Hirnhaut oder der Rückenmarksnerven auftreten, etwa durch eine Virusinfektion nach einem Zeckenbiss. Aber sie kann auch andere Ursachen haben. Beispielsweise könnten die Krämpfe durch einen epileptischen Anfall ausgelöst worden sein, zeitgleich mit einem gewöhnlichen Infekt, der das Fieber verursacht.« Er atmete tief ein und aus. »Vorsorglich haben wir Ihren Sohn in Quarantäne verlegt. Wir müssen jetzt weitere Untersuchungen vornehmen und die Ergebnisse abwarten.«

Er blätterte durch einige Formulare auf seinem Schreibtisch. »Neben denen von Ihnen ausgefüllten Aufnahme-Formularen benötige ich noch detaillierte Informationen über seinen Gesundheitszustand in den letzten Wochen und Monaten. Gab es irgendwelche Auffälligkeiten, körperliche Symptome, Stimmungsschwankungen, Konzentrationsschwierigkeiten ...«

Zum ersten Mal sah er auch Julian an.

Mit brüchiger Stimme sagte Susanna: »Er hat erzählt, dass er in der Schule Schwierigkeiten beim Schreiben hat. Mit der eigentlichen Bewegung, meine ich. Den Stift richtig zu führen. Ich wollte nächste Woche mit ihm zum Arzt, wir hatten es diese Woche nicht geschafft.« Sie schluchzte.

»Die letzten Tage konnte er nicht so gut tippen«, platzte es aus Julian heraus. »Ich meine, auf der Computertastatur.«

Der Arzt nickte ein paar Mal.

»Hatte Ihr Sohn schon mal epileptische Anfälle?«

»Nein«, sagten Julians Eltern zeitgleich.

»Und sind Sie in letzter Zeit verreist?«

Seine Eltern verneinten.

Der Arzt blätterte noch kurz in seinen Unterlagen, dann erklärte er Julians Eltern die anstehenden Untersuchungen. Bevor er sie entließ, bat er Julian, kurz draußen im Flur auf seine Eltern zu warten. Julian setzte sich auf einen Stuhl und starrte ungeduldig die Tür zum Arztzimmer an. Am liebsten hätte er durch sie hindurchgeguckt. Er lauschte, um die Stimmen hinter der Tür zu verstehen. Aber sie waren zu leise, außerdem war da ein nerviges Piepen auf dem Flur.

Endlich öffnete sich die Tür und seine Eltern kamen heraus.

Julian sprang auf. »Was ist los?«, fragte er, aber seine Eltern antworteten nicht. Als hätten sie ihn gar nicht gehört.

»Mama?«, wiederholte er seine Frage. »Was hat der Arzt zu euch gesagt?«

Friedbert streichelte kurz den Arm seiner Frau und gab ihr einen Kuss. Dann legte er seine Hand zwischen Julians Schulterblätter, schob ihn leicht an und sagte: »Komm, fahren wir nach Hause.«

Julian gehorchte und ging mit seinem Vater durch den stillen Krankenhausflur. Doch schon nach ein paar Schritten blieb er abrupt stehen und drehte sich um. Seine Mutter stand immer noch vor der Tür des Arztzimmers.

»Mama, komm!«, sagte Julian.

Für eine Sekunde starrte Susanna ihn gedankenverloren an. Dann schüttelte sie den Kopf. »Ich bleibe hier. Wir können ihn jetzt nicht allein lassen.«

Julian sah zu seinem Vater. »Bleiben wir auch hier?«

»Nein«, sagte Friedbert. »Deine Mutter bekommt hier ein Zimmer und wir kommen morgen zu den Besuchszeiten wieder. Das haben wir gerade mit dem Oberarzt so besprochen.«

»Können wir nicht auch ein Zimmer bekommen?«, flehte Julian.

Friedbert verneinte. »Das geht nicht. Wir kommen morgen wieder. Komm!«

Er nahm Julian an die Hand und sie verließen schnellen Schrittes das Krankenhaus.

Julian fühlte sich ungerecht behandelt. Er wollte auch bei Sebastian sein. Wieso konnten sie nicht alle bei ihm bleiben? Beinahe hätte er seine Gedanken laut ausgesprochen, aber er spürte Friedberts Anspannung und sagte nichts. Enttäuscht starrte er aus dem Fenster auf die vorbeiziehende Landschaft.

Als sie zu Hause ankamen, war seine Enttäuschung abgeklungen. Irgendwie war er auch froh, zu Hause zu sein. Nach dem Abendessen zog Friedbert sich ins Wohnzimmer zurück und schaltete den Fernseher ein. Julian ging in sein Zimmer, blätterte in einem Buch und machte sich bald bettfertig. Er schaltete ein Hörspiel ein und wollte sich gerade hinlegen, als sein Blick auf Sebastians Bett fiel. Er vermisste Sebastian. Und auch seine Mutter. Es war komisch ohne sie. Wann sie wohl zurückkamen? Kurzentschlossen legte er sich in Sebastians Bett und deckte sich zu. Augenblicklich fühlte er sich besser. Jetzt merkte er, wie müde er war. Er schloss seine Augen und lauschte dem Hörspiel. Kurz darauf fiel er in einen tiefen Schlaf.

Das Wochenende war für Julian eine Geduldsprobe. Vor- und nachmittags fuhr Friedbert mit ihm für eine Weile ins Krankenhaus. Jedes Mal wäre er am liebsten geradewegs zu Sebastian ins Zimmer gerannt, um endlich bei ihm zu sein. Aber die Quarantäne war nicht aufgehoben. Sie mussten also warten.

Am Montag passierte endlich etwas. Julian und sein Vater waren gerade auf dem Weg ins Krankenhaus, als Susanna sie übers Handy anrief.

»Sebastian wird aus der Quarantäne entlassen!«, sagte sie und erklärte, dass Sebastian keine Krankheitserreger habe, die einen Aufenthalt im Isolierzimmer notwendig machten, und dass er auch kein Fieber mehr habe. Julian, der über die Fernsprachanlage im Auto mithörte, konnte spüren, wie ihnen allen ein Stein vom Herzen fiel. Aufgeregt rief er: »Kommt Sebastian heute mit nach Hause?«

»Nein, mein Schatz«, sagte Susanna. »Anscheinend sind seine Blutwerte nicht in Ordnung und es stehen jetzt ein paar Untersuchungen an, die während der Quarantäne nicht durchgeführt werden konnten.«

Als Julian und Friedbert im Krankenhaus eintrafen, führte eine Arzthelferin sie in das Zimmer, in das Sebastian verlegt worden war. Susanna war bereits da und hielt Sebastians Hand. Er saß aufrecht im Bett und ein Strahlen ging über sein Gesicht, als Julian und Friedbert ins Zimmer kamen.

»Sebastian!«, rief Julian, stürmte zu seinem Bruder und umarmte ihn. »Wie geht's dir?«

»Gut«, sagte Sebastian und sah Julian mit leuchtenden Augen an. »Ich war gerade in der Röhre!«

Susanna wandte sich ihnen erklärend zu. »Er kommt gerade aus einer MRT-Untersuchung.«

»Diese Röhre«, sagte Sebastian zu seiner Mutter, während sie ihm den Kopf streichelte, »du wärst da drin gestorben mit deiner Platzangst!«

»Das glaube ich!«, sagte Susanna und lachte.

Ihr Lachen löste Freude in Julian aus. Die vergangenen Tage hatte keiner von ihnen gelacht. Endlich war alles wieder gut. Neugierig fragte er: »Was passiert in dieser Röhre?«

»Da scannen sie dein Gehirn«, sagte Sebastian und grinste.

»Nein, wirklich?«, sagte Julian ungläubig. Aber er glaubte sich zu erinnern, schon mal was davon gehört zu haben. Hatte nicht ein Freund seiner Eltern davon erzählt? Der hatte allerdings einen Kreuzbandriss vom Skifahren gehabt.

Julian dachte nicht weiter darüber nach. Er war so aufgeregt, dass er gar nicht wusste, worüber er zuerst sprechen sollte.

»Kann Markus bei unserer App mitmachen? Ich habe ihm davon erzählt und wir haben schon neue Ideen!« In Wahrheit hatte er in den vergangenen Tagen keinen Moment an die App gedacht. Und mit Markus hatte er auch nicht weiter darüber gesprochen. Aber er wollte seinem Bruder einfach eine Freude bereiten. Ihr Projekt hatte ihnen bisher sehr viel Spaß gemacht.

»Ja, er kann gerne m-m-mitmachen«, sagte Sebastian.

Einen Moment waren alle still.

»Ist alles OK?«, fragte Julian geradeheraus. »Warum stotterst du?«

»Ich weiß nicht«, sagte Sebastian und sah fragend seine Eltern an.

Plötzlich klopfte es an der Tür und ein Arzt kam herein. »Frau Berger, Herr Berger«, grüßte er und gab Ihnen die Hand. »Dr. Kobiella, ich bin der Chefarzt.« Er nickte Julian kurz zu, ging zu Sebastian und legte die Hand an seine Schulter.

»Und, wie geht es dir?«

»Gut«, sagte Sebastian nur.

Der Arzt nickte und wandte sich Julians Eltern zu. »Nehmen Sie sich noch etwas Zeit. Dann würde ich sie gerne in meinem Büro sprechen.« Er machte eine Armbewegung als würde er einen Dartpfeil werfen. »Einfach den Gang runter rechts.«

Sie blieben noch eine Weile bei Sebastian. Aber die ausgelassene Stimmung war verflogen. Julian spürte, dass seine Eltern nervös waren. Schließlich verabschiedeten sie sich von Sebastian und gingen den Flur entlang zum Zimmer des Chefarztes.

Doch bei dem Gespräch durfte Julian wieder einmal nicht dabei sein. Ungeduldig wartete er vor dem Zimmer, bis seine Eltern herauskamen.

Dass etwas passiert war, sah Julian sofort. Seine Eltern waren kreidebleich und sahen erschüttert durch ihn hindurch, als sie aus dem Arztzimmer herauskamen.

Obwohl Julian besorgt fragte, was los sei, bekam er keine Antwort. Er hatte erwartet, dass sie nochmal zu Sebastian ins Zimmer gingen, aber Susanna wollte so schnell wie möglich raus.

Sie verließen das Gebäude. Draußen begann Susanna zu weinen und nahm ein paar tiefe Atemzüge.

Julian hielt es nicht länger aus. »Was ist denn los?«, fragte er immer wieder, bis sein Vater ihm das Wort abschnitt: »Siehst du nicht, dass deine Mutter jetzt Ruhe braucht!«

Zusammen drehten sie eine Runde über das Gelände des Krankenhauses. Als sie wieder vor dem Eingangsbereich ankamen, blieb Susanna stehen.

»Kommst du?«, fragte Friedbert.

Susanna wischte sich ihre Tränen aus dem Gesicht. »Ich möchte noch kurz allein sein.«

»Bist du sicher?«

Sie nickte. »Geh mit Julian schon mal rein.«

Als Julian und sein Vater den Eingangsbereich betraten, versuchte Julian es erneut: »Bitte sag mir, was mit Sebastian los ist! Bitte!«

Friedbert seufzte und deutete auf eine Sitzecke. »Setz dich schon mal, ich hole uns Wasser«.

An einem Automaten kaufte er zwei Wasserflaschen und setzte sich damit zu Julian auf die Bank.

»Ich versuche dir zu erklären, was uns der Arzt gesagt hat«, begann er und atmete tief ein und aus. »Die Ärzte konnten eine Virusinfektion ausschließen. Sebastians Fieber kam von einem gewöhnlichen Infekt, und der ist am

Abklingen. Aber die epileptischen Anfälle, die Krämpfe, das macht uns Sorgen. Die eingeschränkte Motorik. In der Schule hatte er nicht nur Schwierigkeiten mit dem Schreiben, sondern auch mit seiner Konzentration. Und das Stottern eben...« Er machte eine Pause. Julian war kurz davor, zu fragen, warum er nicht weitersprach. Dann bemerkte er Tränen in Friedberts Augen. Julians Herz klopfte. Er glaubte, er hatte seinen Vater noch nie weinen gesehen. Beunruhigt wartete er, bis sein Vater wieder das Wort ergriff.

»Die MRT-Untersuchung«, begann er.

»Die Röhre!«, sagte Julian.

»Genau. Sie haben sein Gehirn untersucht.« Friedbert zeigte auf seinen Kopf. »Sie haben dort einen Tumor gefunden.«

»Was ist ein Tumor?«, fragte Julian.

»Das ist eine Art Geschwulst«, sagte Friedbert. »Ein Stück Gewebe, das in seinem Kopf wächst, aber dort nicht hingehört. Es wird immer größer und zerstört das gesunde Gewebe ringsherum.«

Julian erschrak. »Kann man es nicht rausnehmen?« Ein Gefühl der Hilflosigkeit überkam ihn. Diese neue Diagnose traf ihn wie ein Schlag in die Magengrube. Er hatte Angst.

»Das Ärzteteam wird alles versuchen, um den Tumor zu entfernen. Sei es per Operation, per Chemotherapie oder anderen Verfahren. Jeder Tumor ist anders, es gibt kein Allgemeinrezept dagegen. Aber wir stehen rund um die Uhr in Kontakt mit den Ärzten. Ich hoffe, dass wir so schnell wie möglich Klarheit haben, wie die Behandlung aussieht und ob sie Sebastian hilft.«

Die automatische Eingangstür zischte und Susanna kam herein. Julian lief ihr entgegen. Er begann zu weinen und drückte sein Gesicht in ihre kühle Jacke. Er verstand nichts mehr. Von heute auf morgen war alles anders.

Die letzten Tage der Ferien verbrachten Julian und seine Eltern vormittags an Sebastians Bett. Zusammen mit dem Chefarzt hatten sie ihn über die Diagnose aufgeklärt. Sebastian hatte gewusst, dass etwas nicht in Ordnung war, aber jetzt machte er sich große Sorgen. Julian versuchte, ihm Mut zu machen, in dem er ihm sagte, er sei beim besten Chefarzt, den es gebe. Er würde ihn ganz sicher wieder gesund machen.

Zwischendurch führten die Eltern die nötigen Gespräche mit den Ärzten, während Julian bei seinem Bruder war oder, wenn dieser schlief, in einem Aufenthaltszimmer wartete und sich Bücher und Zeitschriften ansah. Mittags fuhr sein Vater meist mit ihm nach Hause, während Susanna bis abends bei Sebastian blieb. Friedbert nahm sich Zeit für Julian. Sie aßen zusammen, Friedbert erzählte ihm in kurzen Sätzen von den Arztgesprächen und spielte anschließend ein Brettspiel mit ihm. Über die Arztgespräche verlor er kaum ein Wort.

»Eine passende Therapie wird noch gesucht«, war seine einzige Antwort auf Julians Frage, wie es nun weiterging.

Am Sonntag wurde Friedbert konkreter. »Sebastian wird nächsten Dienstag operiert«, sagte er. »Ein Ärzteteam aus dem Krankenhaus und ein Spezialist aus einer anderen Klinik nehmen die OP vor. Sie werden versuchen, den Tumor zu entfernen.«

Julians wusste, dass er am Dienstag Schule hatte, konnte sich aber nicht vorstellen, hinzugehen.

»Können wir dabei sein?«, fragte er.

Friedbert schüttelte den Kopf. »Nein, bei der OP darf keiner von uns dabei sein. Nur die Ärzte. Sie wird außerdem viele Stunden dauern und du wirst in dieser Zeit ganz normal in den Unterricht gehen. Aber wenn er aufwacht, dürfen wir wieder zu ihm.«

»Wann wacht er auf? Bekommt er eine, wie heißt das nochmal ...?«

»Narkose?«

Julian nickte.

»So ähnlich. Er wird in ein künstliches Koma versetzt. Das kann ein paar Tage anhalten, damit der Körper sich besser erholt.« Sein Vater lächelte ihm zu, aber es war ein gezwungenes Lächeln, das Julian keinesfalls beruhigte. »Die Ärzte werden uns Bescheid geben, wenn sie das Koma beenden. Wenn er aufwacht, sind wir bei ihm.« Er rieb sich die Stirn. »Und noch etwas. Bitte behalte das Ganze erst mal für dich, wenn du morgen in die Schule gehst. Ich werde die Tage mit deinem Klassenlehrer sprechen und ihm die Situation schildern, damit er Bescheid weiß.«

Am Vorabend der OP fuhren sie gemeinsam zu Sebastian ins Krankenhaus und setzten sich für eine halbe Stunde an sein Bett. Sebastian war bei vollem Bewusstsein, aber es ging ihm nicht gut. Er wirkte müde und zerstreut, und als Julian seine Hand hielt, war sein Händedruck schwach. Julian brachte ihm seinen Kuscheltier-Löwen mit, über den er sich sehr freute, und versuchte, ihn mit lustigen Geschichten aufzuheitern.

Als er am nächsten Tag in der Schule saß, konnte Julian sich kaum konzentrieren. Wie es sich sein Vater gewünscht hatte, verlor er kein Wort über Sebastian und seine Erkrankung. Er war fest davon überzeugt, dass sein Bruder in ein paar Tagen mit einem Verband um den Kopf, aber ansonsten ganz der Alte, wieder bei ihnen zu Hause sein würde.

Pünktlich holte Friedbert ihn von der Schule ab. Sie fuhren direkt ins Krankenhaus, suchten Susanna und warteten zusammen ungeduldig auf das Ende der Operation. Immer wenn Julian nach Susannas Hand griff, war diese kalt. Er hielt sie fest und versuchte sie zu wärmen. Nach einer Weile stand seine Mutter auf und ging auf die Toilette. Das wiederholte sich ein paar Mal.

»Es dauert jetzt schon sieben Stunden«, sagte sie schließlich. Nervös zupfte sie an ihrer Strickjacke.

Gerade wollte Friedbert zu einer Antwort ansetzen, da öffnete sich eine der großen Flügeltüren im Gang. Mit schnellen Schritten kam ein Mann in weißem Kittel auf sie zu, vermeldete das Ende der Operation und verwies auf das

Ärzte-Team für weitere Informationen. Er verschwand so schnell, wie er gekommen war.

»Hat er Sebastian operiert?«, fragte Julian seine Eltern.

»Nein, ich glaube nicht«, sagte Susanna.

»Wo ist Sebastian jetzt?«, fragte Julian.

»Vermutlich noch im Operationssaal«, sagte Friedbert. »Sie bringen ihn sicher bald auf sein Zimmer.« Er seufzte. »Ich hoffe, es ist alles gut verlaufen.«

Verwundert schaute Julian ihn an. »Was meinst du damit? Die Operation hat doch geklappt?«

Julian war davon ausgegangen, dass eine OP immer gut verlaufen war, wenn sie fertig war. Plötzlich verstand er, dass bei einer Operation auch etwas schiefgehen konnte. Hatte sein Vater das damit gemeint? Hatten die Ärzte es nicht geschafft, Sebastian wieder gesund zu machen? Er verscheuchte den Gedanken. Wenn bei der OP etwas schief gegangen wäre, hätten die Ärzte sie nicht einfach beendet. Sie hätten so lange weitergemacht, bis alles gut war. Und wenn es zehn Stunden dauerte. Etwas anderes konnte er sich nicht vorstellen.

Als hätte er seine Gedanken gelesen, legte Friedbert seine Hand auf Julians Schulter und sagte in beruhigendem Tonfall: »Ja, es ist sicher alles gut.«

Am späten Nachmittag führte der Chefarzt ein weiteres Gespräch mit Julians Eltern, bei dem er nicht dabei sein durfte. Immerhin gab der Arzt Julian das Versprechen, dass sie danach alle zusammen Sebastian sehen durften.

Lange dauerte das Gespräch nicht. Doch als Herr Kobiella sie im Anschluss in ein Zimmer führte, von dem aus sie Sebastian durch eine Glasscheibe sehen konnten, erschrak er. Bewegungslos und mit geschlossenen Augen lag sein Bruder unter einer weißen Decke, bedeckt mit unzähligen Schläuchen und Elektroden.

»Können wir nicht zu ihm rein?«, fragte Julian.

»So kurz nach der OP leider nicht«, sagte der Chefarzt.

»Dann nachher, wenn er aufgewacht ist?«

Der Chefarzt sah Julian eine Sekunde an, als hätte er in einer unverständlichen Sprache gesprochen. Dann lächelte er und sagte: »Wir überwachen Sebastians Zustand jetzt sehr genau. Wir schleichen die Medikation erst aus, wenn es ihm besser geht. Dann wird er recht schnell aufwachen.« Er klopfte Julian auf die Schulter, warf seinen Eltern einen merkwürdigen Blick zu, den Julian nicht deuten konnte, und verabschiedete sich von ihnen.

Plötzlich war es totenstill. Sie hörten nur ihre Atemzüge, niemand sagte etwas. Alle schauten durch die Glasscheibe auf Sebastian.

Nach einigen Minuten fragte Julian, wie es jetzt weitergehe.

»Willst du nach Hause«, fragte Susanna.

»Ja«, sagte Julian.

Susanna strich ihm über den Kopf und sagte: »Lass uns nach Hause fahren.«

Julian bemerkte, dass ihre Hände zitterten.

Von nun an wechselten die Eltern sich täglich ab, um früh morgens ins Krankenhaus zu fahren. Wenn einer von ihnen nach Hause kam, fragte Julian als erstes, ob Sebastian aufgewacht sei. Aber jedes Mal verneinten sie.

Das Warten fühlte sich an, als wäre die Zeit stehen geblieben. Julian begann, an all die Dinge zu denken, die er mit Sebastian zusammen erlebt hatte. Sie hatten sich stundenlang zusammen beschäftigen können, ihnen wurde nie langweilig. Er vermisste die gemeinsamen Spiele und das Herumalbern – versehentliche Hiebe in die Magengegend zeugten nur von ihrer unbändigen Freude, miteinander Zeit zu verbringen. Als sie kleiner waren, waren besonders drei Spiele hoch im Kurs: Eine Flugzeugimitation zu der Musik von DJ Darude, bei der sie sich mit ausgestreckten Armen zu »Firestorm« wild im Kreis drehten, eine Walzenimitation, die bis spät abends zu ausgelassenem Freudentaumel führte, da sie als Walzen auf dem Teppich des Wohnzimmers herumrollten und sich gegenseitig überrollten, um sich den Titel der goldenen Walze zu sichern –, und ein drittes Spiel, das lustigste von allen. Zu dumm, dass Susanna es ihnen verbot.

Niemand von ihnen spielte Tennis. Dennoch fanden Julian und Sebastian im Kellerraum, in dem ihr Vater Kristalle züchtete, einen gelben Tennisball. Ein prüfender Blick galt den Wassergläsern, in denen Salze auf für sie mysteriöse Weise zu blauen und gelben Kristallformen heranwuchsen. Dann ließen sie die schwere Tür zuschnappen und stürmten nach oben ins Wohnzimmer. Sebastian setzte sich vor den schmalen Durchgang zum Flur, Julian vor die Tür zum Balkon, knapp vier Meter zwischen ihren Gesichtern. Durchgang und Tür mimten ihre Tore. Mit kurzen, ohrfeigenartigen Schlägen auf den Tennisball trieben sie ihn hin und her, rutschten auf den Knien, darauf bedacht, den blitzschnellen Ball nicht durchflutschen zu lassen, ein Tor zu verhindern. Das ging im Eiltempo. Kaum hatte Julian den Ball mit seitlichem Überschnitt losgeschlagen, kam er schon wieder in eine Ecke seines Tores zurückgebraust; nur in diesem Tempo konnte man erfolgreich sein. Nach zwei Stunden Torjagd brannten ihnen die Knie unter den durchgeriebenen Hosen. Julian wusste nicht mehr, wie viele Hosen sie mit Doppellöchern versahen, bis Susanna ihnen das Spiel verbot. Wahrscheinlich waren es nicht nur die Löcher in den Hosen, sondern auch die Momente, in denen der Ball »aus der Bahn« geriet (wie sie es bezeichneten), die zum Spielverbot führten. Wenn die gelbe Kugel ungünstig abprallte, flog sie mehr oder minder hoch in die Stollenwand hinein und pflügte durch alles, was ihr im Wege stand.

Die Brüder hatten sich also wieder auf etwas anderes zu einigen: das war das Walzenspiel. Nur einmal errang Julian den Titel der goldenen Walze, verlor ihn jedoch umgehend, sah sich ständig von seinem Bruder überrollt. Eigentlich kein Wunder, immerhin war er ihm drei Jahre voraus. Julian gab sein Bestes, versuchte, mit Schwung zum Erfolg zu kommen, aber das Gewicht lastete stets auf ihm, nicht auf seinem Bruder. Seine Haare waren nach mehreren Runden zerzaust, Gelenke und Beckenknochen brannten durch die ständige Reibung mit dem Boden, aber ein unvergessliches Geborgenheitsgefühl machte alle Schmerzen wett ...

Immer mehr solcher Momente stiegen in Julians Kopf auf. Mit jeder Erinnerung wurde die Sehnsucht nach Sebastian größer und die Traurigkeit über sein Fehlen stärker.

In der Schule konnte er nicht verbergen, dass etwas nicht stimmte. Seine Mitschüler fragten ihn, warum er so still sei. Aber er sagte nichts.

Nur Markus ließ nicht locker. Eines Nachmittags auf dem Nachhauseweg fragte er erneut, was los sei.

»Sag schon, ich weiß doch, dass etwas los ist«, sagte Markus.

Sie hielten an der nächsten Eisdiele, dem *Pinguin*, und setzten sich draußen an einen Tisch. Dort erzählte er Markus alles, was seit dem Ferienbeginn passiert war. Er war froh, dass er sich endlich seinem besten Freund anvertrauen konnte.

»Und wie lange dauert es noch, bis er aufwacht?«, fragte Markus, während er an seinem Schokoladeneis leckte.

Julian zuckte mit den Schultern. »Ich weiß es nicht. Das entscheiden die Ärzte. Ich dachte, sie wecken ihn nach ein oder zwei Tagen, aber jetzt ist er schon fast eine ganze Woche im Koma.«

»Was ist, wenn er gar nicht mehr aufwacht?«

Erschrocken starrte er Markus an. »Na klar wacht er auf!«

»Hab ich nicht so gemeint«, beschwichtigte Markus. »Ich verstehe nur nicht, wie die Ärzte einen einfach einschlafen und wieder aufwachen lassen können.« Jetzt zuckte er mit den Schultern. »Wahrscheinlich benutzen sie ein Medikament. Hast du schon ein Geschenk für ihn?«

»Ein Geschenk?«, fragte Julian.

»Ja!«, rief Markus. »Wenn er nach so einer schlimmen Sache wieder nach Hause kommt, solltest du was für ihn haben!«

»Ich habe nichts«, sagte Julian traurig.

»Dann lass uns was überlegen. Viel Zeit haben wir nicht. Vielleicht wecken sie ihn morgen schon auf.«

Julian lächelte und überlegte.

»Lass uns doch ein paar Geschäfte abklappern und mal schauen, was wir so finden«, schlug Markus vor. »Komm!«

Sie schlangen ihr Eis hinunter und gingen zu ihren Fahrrädern.

Dann radelten sie durch eine kleine Einkaufsstraße und machten vor einem Laden Halt, in dessen Schaufenster diverse Spielzeuge, Brettspiele, und Lego-Sets ausgestellt waren.

Ein Schachspiel im Schaufenster zog Julians besondere Aufmerksamkeit auf sich.

»Schach?«, fragte Markus, Julians Blick folgend. »Ist das nicht etwas langweilig?«

»Sebastian mag Schach. Er ist letztes Jahr bei uns in der Schule sogar in eine Schach-AG eingetreten! Manchmal spielt er zu Hause mit meinem Vater. Der hat aber nur ein altes Klappbrett aus Pappe mit Figuren aus Plastik. Das hier ist viel schöner.«

Das Brett war groß und aus einem Stück Holz. Die Figuren waren ebenfalls aus Holz, mit einer dünnen Fließschicht darunter, damit das Brett beim Bewegen der Figuren nicht zerkratzte.

»Fünfundfünfzig Euro?«, rief Markus. »Das ist ja Wucher!«

Julian zog einen Schmollmund.

»Vielleicht kann ich mir das Geld zusammensparen«, sagte er und setzte dazu an, auf sein Fahrrad zu steigen.

»Wollen wir nicht reingehen und uns umschauen?«, fragte Markus.

»Nein«, sagte Julian. »Das Schachbrett ist genau das Richtige. Ich muss nur an das Geld kommen.«

Zu Hause begann er, sein Zimmer nach Dingen zu durchforsten, die er verkaufen konnte. Er riss alte Kleidung aus dem Schrank, suchte nach Spielzeug, das er nicht mehr brauchte – sogar einige seiner Legosachen räumte er beiseite, um sie abzutreten. Er würde damit auf einen Flohmarkt gehen. Oder vielleicht konnte sein Vater ihm helfen, sie übers Internet zu verkaufen.

Als er eine Lego-Kiste auf dem Boden auskippte, um sie mit den Verkaufsgegenständen zu füllen, klopfte Friedbert an seine Tür.

»Ich bestelle uns was beim Inder«, sagte Friedbert. »Magst du ein mildes Curry?« Als er das Chaos in Julians Zimmer sah, fügte er hinzu: »Was ist denn hier passiert?«

»Ich will ein paar Sachen verkaufen«, sagte Julian. »Ja, das Curry ist okay.«

Julians Mutter war heute im Krankenhaus, weshalb Friedbert von zu Hause arbeitete und sich um das Essen kümmerte. Julian hatte erwartet, dass sein Vater zurück an seinen Laptop gehen würde. Stattdessen kam er ins Zimmer, ging in die Hocke und schaute auf die Gegenstände, die verstreut auf dem Zimmerboden lagen. Er nahm einen alten Pulli hoch, berührte ein paar Bücher, die auf dem Boden lagen, und sagte: »Willst du das alles verkaufen?«

Julian nickte.

»Eigentlich müssten wir die gesamte Wohnung mal ausmisten, vor allem den Keller. Immerhin gehst du mit gutem Beispiel voran.« Lächelnd stand er wieder auf.

Als er schon die Türklinke in der Hand hatte, sagte Julian: »Ich will nicht ausmisten. Ich brauche Geld für Sebastian.«

Friedbert drehte sich um und sah ihn fragend an.

Julian fuhr fort: »Ich möchte Sebastian etwas schenken, wenn er wiederkommt. Im Spielladen habe ich ein Schachspiel gesehen, das ich kaufen will. Es ist ganz aus Holz und die Figuren sind handgeschnitzt.«

Friedbert nickte nachdenklich. »Und was kostet es?«

»Fünfundfünfzig Euro. Aber ich habe schon fünfzehn. Fehlt also nicht mehr viel. Kannst du mir helfen, die Sachen zu verkaufen?« Er deutete auf die Sachen um sich herum.

»Ja, sicher«, murmelte Friedbert und verweilte mit der Türklinke in der Hand, als wäre er unschlüssig, hinauszugehen.

»Ich arbeite noch ein bisschen, bis das Essen kommt, und dann können wir das ja besprechen.« Leise verließ er das Zimmer.

Julian fing an, die Kiste zu füllen. Bei einigen Dingen war er sich nicht sicher, ob er sie wirklich hergeben wollte. Aber es war die einzige Möglichkeit, an das Schachbrett zu gelangen, also machte er weiter. Plötzlich klopfte es erneut an seiner Tür. Friedbert kam herein, schloss die Tür hinter sich und setzte sich auf die Bettkante. In der Hand hielt er zwei Geldscheine. Einen Fünfziger und einen Fünfer.

»Hör mal«, begann er, »ich würde dir das Geld für das Schachspiel gerne geben. Du brauchst nichts von deinen eigenen Dingen zu verkaufen, nur um Sebastian ein Geschenk zu machen.« Er reichte Julian das Geld.

»Vielen Dank, Papa!«, freute sich Julian. Damit hatte er nicht gerechnet. Obwohl er die Mühe nicht scheute, einige seiner Sachen zu verkaufen, hatte er doch Sorge, das Geld nicht schnell genug zusammenzubekommen. Was, wenn Sebastian schon am Wochenende wieder zu Hause sein würde? Bis dahin würde er vermutlich nicht alles verkauft haben. Julian steckte die Scheine in seine Hosentasche und wollte gerade aufstehen, um sich auf den Weg zum Spielladen zu machen, als Friedbert die Hand hob.

»Warte noch. Ich wollte dir noch etwas sagen.«

Julian blieb auf dem Boden sitzen und schaute seinen Vater erwartungsvoll an.

»Deine Mutter und ich hatten nach der OP ja noch kurz mit dem Chefarzt gesprochen.«

Julians Herz sackte ihm in die Hose. An der Miene seines Vaters konnte er erkennen, dass er nichts Gutes zu verkünden hatte.

»Die OP ist nicht so gut verlaufen, wie wir es uns gewünscht haben. Der Tumor konnte nicht vollständig entfernt werden. Er hat gestreut. Und beim Versuch, ihn zu entfernen, ist auch etwas gesundes Gewebe verletzt worden. Das kann Folgen haben.« Er schüttelte den Kopf, legte seine Hand kurz auf Julians Schulter, und stand auf. »Das ist jedenfalls der Grund, weshalb sie ihn noch nicht aufgeweckt haben.«

»Aber wie lange warten sie denn noch?«, rief Julian.

Sein Vater zuckte mit den Schultern. »Das weiß ich leider nicht. Komm, das Essen ist gleich da. Räum doch schon mal auf.«

Am späten Nachmittag fuhr Julian in den Spielladen und kaufte das Schachspiel. Als er zu Hause war, packte er es in Geschenkpapier ein und legte sich aufs Bett.

Er fühlte sich hilflos. Er wollte, dass Sebastian wieder gesund wurde. Aber er konnte nichts dafür tun. Er hatte ein Geschenk für ihn – aber nichts, was seinem Bruder in dessen jetziger Situation half. Alles, was ihm blieb, war warten und hoffen.

Die Tage vergingen wie in Zeitlupe. Es dauerte eine weitere Woche, bis die Ärzte entschieden, die Medikation abzusetzen. Laut den Ärzten würde Sebastian nun innerhalb weniger Tage aufwachen.

Julian und seine Eltern waren erleichtert. Noch am selben Abend gingen sie zusammen ins Restaurant. Das taten sie selten. Eigentlich nur zu Geburtstagen oder im Urlaub. Heute fühlte es sich nach einem besonderen Tag an.

»Wir müssen uns jetzt auch mal etwas Gutes tun«, sagte Friedbert, während sie zu einem Italiener in der Nähe fuhren.

»Was ist, wenn Sebastian schon heute Abend aufwacht?«, fragte Julian.

Julians Mutter, die sich zu ihm auf die Rückbank gesetzt hatte, strich ihm über die Wange und sagte: »Die Medikation wird langsam ausgeschlichen, das geht nicht von jetzt auf gleich. Aber es wird nicht mehr lange dauern.«

»Maximal ein paar Tage, Julian«, fügte sein Vater hinzu und sah ihn durch den Rückspiegel an. »Dann wird er langsam wieder zu vollem Bewusstsein zurückkehren.«

Julian lächelte und schaute aus dem Fenster auf die vorbeirauschenden Bäume. Er war erschöpft und müde. Aber er spürte, wie sich eine wohltuende Hoffnung in ihm ausbreitete.

Die nächsten Tage verliefen zum ersten Mal wieder einigermaßen normal. Julians Vater fuhr morgens ins Büro und kam abends nach Hause. Dem Schulunterricht konnte Julian wieder mit mehr Aufmerksamkeit folgen. Julian erzählte Markus, dass sein Bruder bald aufwachen würde. Markus freute sich mit ihm und drückte Julian die Daumen, dass alles gut werden würde. Während Julian in der Schule war, saß seine Mutter an Sebastians Bett, kam aber mittags zurück, um mit ihm Mittag zu essen. Zuallererst fragte er nach Sebastian, dann aßen sie und erzählten sich vom Tag. Nachdem er seine Hausaufgaben erledigt hatte, baute Julian meist Lego und hörte dabei ein Hörspiel. Oft spulte er die Kassette zurück, weil er nicht aufgepasst und an Sebastian gedacht hatte – daran, dass er bald aufwachte.

Doch Sebastian wachte nicht auf. Selbst als das Medikament seinen Körper gänzlich verlassen hatte, schlief Sebastian weiter. Waren das die Folgen, von denen Friedbert gesprochen hatte?

Ihre Sorge wuchs mit jedem Tag. Keiner sprach es aus, aber jeder dachte es: was, wenn Sebastian nicht mehr aufwachte?

Julians Mutter war die erste, die es nicht mehr aushielt. Eines Abends – nach mehr als einer Woche des Hoffens und Wartens – begann sie mitten im Wohnzimmer laut zu weinen.

»Er muss doch wieder aufwachen, um Gottes Willen!«, rief sie. »Hätten wir diese OP doch niemals zugelassen! Oh Gott, nein!«

Völlig aufgelöst brach sie zusammen und kauerte am Boden, bis Friedbert sie schützend in den Arm nahm.

Julian wollte weinen, war aber derart schockiert, seine Mutter zusammenbrechen zu sehen, dass die Tränen nicht kommen wollten. Stattdessen spürte er ein merkwürdiges Gefühl in seiner Brust und den Drang, seiner Mutter irgendwie zu helfen. Unsicher ging er zu ihr und versuche sie ebenfalls zu umarmen. Sein Vater weinte jetzt auch. Das löste auch Julians Blockade. Weinend krallte er sich an den Körpern seiner Eltern fest. Wach auf, Sebastian, dachte er. Bitte, wach auf!

ZWEI

Als Julian Ende Mai seinen zwölften Geburtstag feierte, lag sein Bruder immer noch im Koma. Die vergangenen Wochen waren für sie alle sehr schwer gewesen, vor allem für seine Mutter. Manchmal kam es Julian vor, als sei ihr Schluchzen das einzige Geräusch in der Wohnung.

Als ihn am Morgen seines Geburtstages der warme Schein von zwölf Kerzen im Wohnzimmer begrüßte und seine Eltern ihm liebevoll gratulierten, hatte seine Mutter die ganze Zeit über Tränen in den Augen. Es war der erste Geburtstag, an dem Sebastian nicht dabei war. Und als Julian die Geschenke ausgepackt und sich bedankt hatte, verließ Susanna weinend das Wohnzimmer und zog sich zurück. Friedbert ging hinterher. Da saß Julian nun mit seinen neuen Sachen, über die er sich gar nicht richtig freuen konnte, und blickte auf den großen Karton mit gelben Rollschuhen. Sein größter Wunsch blieb unerfüllt. Warum konnte Sebastian nicht wieder da und sie alle wieder glücklich sein?

Sein Geburtstag war in diesem Jahr auf einen Samstag gefallen. Nach dem Frühstück probierte Julian seine neuen Rollschuhe aus. Es waren klassische Schuhe mit jeweils zwei Rollen vorne und hinten und einem großen Stopper an der vorderen Unterseite. Die Schuhe waren aus weichem, gelbem Kunstleder mit blauen Streifen an der Seite. Julian schlüpfte hinein und band die Schnürsenkel zu, die ebenfalls blau waren. Er hatte keine Lust, die Knie-, Ellbogen-, und Handgelenkschützer zu tragen, die seine Eltern ihm ebenfalls geschenkt hatten. An seinen Fahrradhelm dachte er auch nicht. Unbekümmert rollte er in T-Shirt und kurzer Hose aus der Wohnungstür ins Treppenhaus und stieg seitlich die Treppe hinab. Prompt rutschten ihm die Füße weg. Er schlug mit dem Knie auf die Treppenkante und klammerte sich am Geländer fest, um nicht abzustürzen. Der Schmerz war für einige Sekunden unerträglich, aber er unterdrückte einen Schrei. Sein Knie begann zu bluten. Mit zusammengebissenen Zähnen ging er langsam zurück in die Wohnung, zog die Rollschuhe aus und suchte leise nach Pflastern. Es waren nur noch ein paar dieser riesigen, breiten Streifen in der fast leeren Packung, also klebte er sich einen davon über die gesamte Kniescheibe, steckte die Packung vorsichtshalber ein und klemmte die Rollschuhe unter die Arme. Leise zog er die Tür hinter sich zu und ging auf Socken die Treppe hinunter. Unten angelangt, hörte er ein Geräusch. Er blickte unter die Treppe. Dort im Halbdunkeln saß ein Mädchen im Schneidersitz. Die langen dunklen Haare fielen ihr ins Gesicht und als sie zu ihm aufsah, erkannte er sie. Es war Sina, sie wohnte einen Stock tiefer, genau unter ihnen, aber er hatte noch nie mit ihr zu tun gehabt. Mehr als ihren Namen kannte er nicht.

Sina schmierte mit einem Farbstift auf der Unterseite der Treppe herum.

»Was machst du da?«, fragte Julian.

Sie zuckte mit den Schultern. Neugierig tauchte Julian in die Dunkelheit unter der Treppe ein, darauf gefasst, dass Sina versuchen würde, ihn zu vertreiben. Stattdessen machte sie aus dem Schneidersitz heraus einen Hüpfer zur Seite und ließ ihn Platz nehmen.

Julian betrachtete ihre Zeichnung, ein langhaariges Strichmännchen mit einer langweiligen Sonne darüber.

»Schön«, sagte er und kroch wieder unter der Treppe hervor. »Ich geh dann mal raus«. Er packte seine Rollschuhe und verließ das Treppenhaus durch die schwere Tür, an deren Stelle er sich immer eine jener automatischen Schiebeglastüren wünschte, die in großen Einkaufszentren ihre Zischlaute von sich gaben.

Im Sonnenlicht lugte er unter sein Pflaster, um zu sehen, wie stark die Wunde blutete. Bienen summten lautstark im Blumenbeet neben der Tür. Julian wollte nicht, dass sie Blut leckten – was wusste er schon über Bienen? –, drückte das Pflaster zurück aufs Knie und zog endlich die Rollschuhe an.

Sein erster Gedanke war, schnell zu sein. Er holte Schwung, preschte voran und sauste die Straße entlang.

Kühn legte er sich in die erste Kurve und gleich darauf auf die Straße. Als er sich das blutende zweite Knie abklebte, machte er sich innerlich schon auf das Ende der freien Fahrt gefasst, genoss noch einmal die Freiheit, bevor ihm seine Eltern mit Ganzkörperschonern das Leben schwer machen würden. Er knallte wieder hin. Diesmal schürfte er sich seine Hände auf. Das brannte wirklich, es war kaum auszuhalten. Mit Spucke säuberte er sich die Schrammen und verzog vor Schmerz das Gesicht. In dem Moment stieg Sebastian in seinen Gedanken auf. Julian wünschte sich so sehr, dass sein Bruder bei ihm wäre, sie zusammen Rollschuhe fahren würden. Traurig blickte er auf die Straße, auf der er saß, und ließ seine Hände sinken. Erst als ein Auto vom anderen Ende der Straße auf ihn zukam, stand er auf und ließ es passieren. Langsam rollte er weiter. Er hatte keine Lust mehr, schnell zu fahren. Eine ganze Weile kreisten seine Gedanken um Sebastian und dessen Zustand. Julian versuchte sich vorzustellen, wie es seinem Bruder ging. Doch er verstand nicht, was sein Zustand bedeutete, ob er überhaupt etwas fühlen konnte und wie es sich anfühlte, nichts zu fühlen. Schlief Sebastian? Träumte er? Und wenn ja, konnte er einen Traum haben, von dem er wusste, dass er ihn träumte? Hatte er im Koma überhaupt irgendeine Art von Bewusstsein? Julian hatte gehört, dass auch Babys träumten, obwohl sie noch nicht bewusst waren wie ein Kind oder ein Erwachsener. Ob es Sebastian ähnlich ging?

Kurz versuchte er sich an seinen frühesten Traum zu erinnern. Insgeheim hoffte er, sich an einen Traum erinnern zu können, den er als Baby gehabt hatte. Aber er konnte sich an überhaupt nichts erinnern. Er zog die Stirn kraus und lächelte kopfschüttelnd in sich hinein. Was für ein dummer Gedanke. Plötzlich hatte er eine bessere Idee. Konnte er herausfinden, was seine früheste Erinnerung war? Er überlegte. Der Besuch seiner Großmutter im Altersheim, einen Tag bevor sie gestorben war? Nein. Davon hatte Susanna ihm zwar häufiger erzählt, aber er hatte keine lebhafte Erinnerung daran. Als Friedbert ihm das Fahrradfahren beigebracht hatte? Julian erinnerte sich, dass die Stützräder ganze Arbeit geleistet hatten. Aber der Sommerurlaub in den Bergen, als Sebastian und er Kaulquappen aus einem Bergsee in ihren Trinkflaschen mit nach Hause nehmen wollten, war das Jahr davor gewesen, das konnte es also auch nicht sein. Julian versuchte, weiter zurück zu gehen. Das war gar nicht so einfach. Erinnerungsfetzen blitzten vor seinem geistigen Auge auf. Einer davon war der Blick in den Abgrund hinter einer Burgmauer. Ja, das konnte es sein! Seine früheste Erinnerung (oder zumindest eine seiner frühesten Erinnerungen) stammte aus seinem späten, dritten Lebensjahr. Ein Familientag auf einer Burg, bei dem er das jüngste der anwesenden Kinder gewesen, ihnen aber überallhin gefolgt war, wenn Susanna ihn nicht aus Sorge davon abgehalten hatte. Die anderen Kinder, darunter Sebastian, prahlten damit, Ratten in einer Mauernische gefunden zu haben. Julian flehte sie an, sie ihm zu zeigen. Aber bevor er seinen jungen Blick in die finstere Nische werfen konnte (in der sich ein ganzer Haufen haariger Ratten getummelt haben musste), schnappte ihn seine Mutter wie aus dem Nichts und schleppte ihn an einen von langweiligen Erwachsenengesprächen umgebenen Tisch auf der Burgterrasse. Frustriert begann er zu schreien, bis Susanna ihn an Friedbert übergab, damit er ihn ablenkte. Als sein Vater auf die Idee kam, ihn zu einer der hohen Burgmauern zu tragen, um ihm den dahinterliegenden Abgrund zu zeigen, war Susanna erneut zur Stelle. Sie entriss ihn Friedberts Armen, erstickte zum zweiten Mal seine Neugier und trug ihn zurück zum besagten Tisch der langweiligen Erwachsenengespräche (einen kurzen Blick in den Abgrund hatte er dennoch erhascht) ...

Ein knirschendes Geräusch brachte Julians Aufmerksamkeit zurück in die Gegenwart. Er war mit dem rechten Rollschuh am Bordstein entlanggeschrammt. Rasch beugte er sich runter, um zu schauen, ob der Rollschuh etwas abbekommen hatte. Zum Glück nicht mehr als ein paar Kratzer. Er wischte einmal darüber, tat einen halben Meter nach links und rollte langsam weiter.

Selbstverständlich war Julian nicht sauer auf seine Mutter wegen der Sache auf der Burg. Sie hatte es schließlich nur gut gemeint (und das Ganze war schon neun Jahre her, fast sein ganzes Leben). Prüfend blickte er zum Bordstein, um sicherzugehen, nicht wieder auf Kollisionskurs zu sein. Dabei fiel ihm auf, dass der Bordstein nicht aus einem durchgehenden Stück, sondern aus vielen Einzelstücken bestand, für sich nicht länger als ein oder zwei Meter.

Irgendjemand musste sich die Mühe gemacht haben, all diese Steine nebeneinander zu setzen und zu befestigen.

Julian fuhr einmal um den Block und beobachtete den gesamten Bordstein auf der rechten Seite. An unzähligen Stellen wurde er von Einfahrten und Wegen unterbrochen, aber immer wieder setzte er sein Dasein fort, trennte Fußwege und bepflanzte Hänge, kleinere Beete und Grundstücke beständig von der Straße ab und begleitete ihn still. Aus einem inneren Impuls heraus rollte Julian auf den Bordstein zu, stoppte davor und ging tief in die Hocke. Neugierig musterte er den Stein. Von weitem betrachtet schien er aus nicht mehr als einer grauen Grundmasse zu bestehen, aus der Nähe jedoch konnte er interessante Details ausmachen. Unzählige Nuancen von Grautönen, helle und dunkle Einsprengsel, Poren, und winzige Steinchen, die im Sonnenlicht glitzerten. Julian berührte den Stein mit seiner Hand – er hatte die Wärme der Sonnenstrahlen aufgenommen.

Als Julian wieder hochblickte und langsam weiterrollte, wurde ihm bewusst, dass er alles um sich herum viel deutlicher wahrnahm, wenn er langsam fuhr. Das Geräusch der Rollen auf der Straße. Die Wärme der Sonnenstrahlen. Der sanfte Wind, der sich von allen Seiten über ihn legte, und das Rascheln der Laubbäume in seinem Zug. Julian rollte an einer Hecke vorbei, deren Blätter im Sonnenlicht hellgrün leuchteten. Er hielt an und berührte ein Blatt. Hatte dieses Blatt schon mal jemand außer ihm berührt? Bestimmt nicht.

Er rollte ein Stück weiter und berührte ein weiteres Blatt. Dann ein weiteres. Er schaute sich ein paar Blätter weiter oben in der Hecke an und war sich sicher, dass diese Blätter noch nie von jemandem beachtet worden waren. Dann bemerkte er einen Baum auf der anderen Straßenseite und schaute hoch hinauf in seine Krone, suchte sich ein einzelnes Blatt, das er eine Weile beobachtete. Er rollte weiter und versuchte, so viele Blätter und Pflanzen wie möglich mit seiner Hand zu streifen oder ihnen einen Blick zu schenken.

Froh über seine neuen Entdeckungen machte Julian sich schließlich auf den Heimweg. Im Treppenhaus zog er die Rollschuhe aus und wäre fast an jener Ecke vorbeigegangen, die dunkel und kalt um Beachtung lechzte. Unbemerkt kroch er unter die Treppe und schaute auf das Bild von vorhin. Auf dem Boden lag noch ein Stift. Ob Sina ihn absichtlich hatte liegen lassen, für ihn? Julian nahm den Stift auf, um ihn für Sina aufzubewahren, bevor die Hausreinigung ihn in den Müll warf. Dabei sah er eine weitere Schmiererei. Roter Filzstift. Bei der Schmiererei handelte es sich um einen Text. Eigentlich nur um einen Satz, der offensichtlich an ihn gerichtet war:

Brauchst du noch Pflaster?

Anscheinend war Sina sein Knie aufgefallen, als sie sich begegnet waren. Er konnte der Verlockung nicht widerstehen und schrieb in wohlwollender Ironie unter ihre Frage:

Er schob die Kappe auf den Stift und kroch unter der Treppe hervor. Hoffentlich hatte ihn niemand gesehen. Er packte seine Rollschuhe, die er für den Moment unter der Treppe völlig vergessen hatte, und stieg die Stufen zur Wohnung empor.

Er stellte die Rollschuhe in den Flur und ging sich die Hände waschen. Die Schürfwunden brannten fürchterlich. Julian hoffte, dass seine Eltern sie nicht bemerken würden. Gerade tupfte er sich die nassen Handflächen vorsichtig mit einem Handtuch ab, als seine Mutter mit verweintem Gesicht die Badezimmertür öffnete. Sie zuckte kurz zusammen, als sie merkte, dass jemand im Bad war. Sie schaute auf Julians Hände, ohne darauf zu reagieren. Julian wusste nicht, ob sie die Schrammen gesehen hatte. Sie murmelte etwas wie »Oh, besetzt«, und wandte sich ab. Julian huschte aus dem Bad und sagte: »Ist schon frei«. Offensichtlich wollte sie auf die Toilette. Oder allein sein.

Julian ging in sein Zimmer. Obwohl er um ein Gespräch zu seinen Schrammen herumgekommen war, machte es ihn traurig, dass seine Mutter ihm keine Beachtung geschenkt hatte. Es war doch schließlich sein Geburtstag. Aber statt der Traurigkeit nachzugeben, dachte er mit Wohlbehagen nochmal an die Blätter, die er beobachtet, und an den Bordstein, der ihn begleitet hatte. Und natürlich dachte er auch

an das geheime Versteck unter der Treppe, in dem Sina und
er erste Spuren hinterlassen hatten ...

Einen Tag später, am Sonntag, wollte er nach dem Frühstück so schnell wie möglich nach draußen. Nachdem er
hastig gegessen und noch hastiger die Zähne geputzt hatte,
packte Julian seine Rollschuhe. Diesmal zog er sie erst unten im Hausflur an.

Draußen war es warm. Der späte Mai lockte mit seinem
sommerlichen Wetter Bienen und Hummeln an. Julian sah
einer Hummel zu, die vorsichtig in die Blüte einer Blume
kroch und sich den Nektar ergatterte. Sie sah ganz flauschig
aus. Julian mochte ihre Farben. Wie schade, dass sie stechen
konnte. Am liebsten hätte er sie in die Hand genommen
und vorsichtig gestreichelt. Kopfschüttelnd ließ er von der
Hummel ab. Wie sollte man denn ein Insekt streicheln?

Er holte Schwung, rollte langsam über den Parkplatz vor
dem Wohnblock und jene Straße entlang, die er wie seine
Westentasche kannte. Dann eine Kurve, wieder geradeaus,
wieder eine Kurve ... Er fuhr um den Block. Als ihm ein
Auto entgegenkam, rollte er geschmeidig auf den Gehweg.
Plötzlich stoppte er. Auf dem Gehweg bewegte sich etwas.
Neugierig beugte Julian sich nach unten: dort war eine
Ameisenstraße! Die kleinen Tierchen wuselten um einen
Haufen winziger Pflanzenreste am Wegesrand herum. Ju-
lian sah genauer hin. Jede Ameise packte ein Stück der
Pflanzenreste mit ihren Kieferzangen und trug es zur ande-
ren Scitc des Gehwegs zu einem kleinen Loch, um darin zu

verschwinden. Um das Loch herum türmte sich ein kleiner Wall aus Sand auf, der aussah wie ein winziger Vulkan. Julian sah zurück zu dem Haufen Pflanzenreste. Hier war richtig was los, es herrschte reger Betrieb. Unermüdlich wuselten die Ameisen hin und her, sie hatten eine richtige Kolonne gebildet. Plötzlich bemerkte Julian, dass die Kolonne sich aufstaute. Etwas hatte sie unterbrochen. Einer Ameise war der Proviant aus den Kieferzangen gefallen. Sie versuchte, gegen den Strom der anderen anzugehen, wurde aber überrannt. In diesem Moment nahm eine andere Ameise das am Boden liegende Material zusätzlich zu ihrem eigenen zwischen ihre Kiefer und übergab es ihrer Artgenossin, ohne dass es auf den Boden fiel. Beeindruckt beobachtete Julian die Tiere noch eine Weile, machte dann einen großen Schritt über sie und fuhr – aus Sorge, er könne weitere Ameisenstraßen versehentlich überrollen – auf der Straße weiter. Natürlich nur ganz langsam. Einige Wolken schoben sich vor die Sonne, ein leichter Wind zog auf. Er schloss seine Augen und spürte aufmerksam hinein. Der Wind war kühl und leicht und zog weich über seine Lider. Julian atmete tief ein. Die Luft duftete nach Sommer und Ferien und löste Erinnerungen an Urlaubsreisen in ihm aus. Plötzlich stieg ihm der Geruch von Holzfarbe in die Nase. Er schaute sich um und sah einen alten Mann, der dabei war, seinen Gartenzaun zu streichen. Als Julian an ihm vorbeirollte, sah der Mann ihn freundlich an und rief: »Was hast du denn verloren?«

Julian stoppte und rollte auf den Mann zu. Er war vielleicht Ende siebzig, klein und mit eingefallenem, aber feinem Gesicht. Er war ihm auf Anhieb sympathisch.

»Ich habe nichts verloren«, antwortete Julian und deutete auf die Ameisen. »Ich habe mir nur die Ameisenstraße angeguckt.«

Der Mann lächelte. »Du hast Freude an der Natur?«

Julian überlegte und erinnerte sich an die Blätter, die Hummel, den Wind und die Ameisen, die er auf seinen Rollschuhen entdeckt hatte.

»O ja!«, sagte er. »Ich erkunde die Umgebung auf meinen Rollschuhen und habe nicht nur Ameisen, sondern auch Hummeln und Pflanzen beobachtet, auch der Wind ist mir aufgefallen, und sogar der Bordstein ist mein Freund geworden … sozusagen.« Julian hielt inne. Sicherlich hörte er sich verrückt an.

Doch der Mann lächelte. »Ich weiß, was du meinst. Man findet genügend Begleiter, genug Schönheit und Freude in der Natur, allein in dieser Straße, wenn man nur die Augen aufmacht. Du kannst das Leben nicht durch den Fernseher erfahren, es liegt vor deinen Füßen und strömt durch deinen Körper.«

Der alte Mann beugte sich über den Zaun, als wolle er Julian etwas ins Ohr flüstern.

»Weißt du, was ich gerne mache, wenn ich spazieren gehe?«

Julian schüttelte den Kopf.

»Ich sammle Insekten!«

Julian staunte. »Was für Insekten sammeln Sie denn?«

»Alle, die ich kriegen kann, aber nur tote. Keine Angst, ich töte sie nicht, sondern gehe auf die Suche nach toten Geschöpfen. Wenn ich eins finde, nehme ich es mit und präpariere es. Ich habe Falter, Schmetterlinge, Bienen, Heuschrecken und – aber sie zählen nicht zu den Insekten – Spinnen.«

Julian gab einen erstaunten Laut von sich und sah den Mann interessiert an. Er faszinierte ihn. Obwohl der Mann bestimmt mehr als sechzig Jahre älter war als er selbst, leuchteten dessen Augen vor Begeisterung über sein Hobby.

»Welches ist dein Lieblingsinsekt?«, fragte der Mann.

»Hm«, überlegte Julian, »vielleicht eine Hummel! Vorhin habe ich eine ganz flauschige gesehen.«

»Nun, ich sehe mal nach. Warte hier!«

Julian nickte ihm zu. Der Mann tapste durch den Garten zur Haustür und verschwand im Haus. Nach wenigen Minuten kam er zurück, in der Hand hielt er ein Gefäß.

»Hier, bitte! Das schenke ich dir. Und sei immer vorsichtig damit, du darfst es nicht schütteln oder irgendwo anstoßen.«

Julian nahm das Geschenk entgegen. Es war ein flacher, runder, geschlossener Glasbehälter, in dem eine Hummel lag. Julian wusste zwar, dass sie tot war; nichtsdestotrotz sah sie wunderschön aus.

»Vielen Dank!«, freute er sich. »Darf ich sie wirklich behalten?«

Der alte Mann lachte. »Natürlich.«

Julian betrachtete die Hummel im Glas. »Ist sie darin festgeklebt?«

»Ja, aber nur ganz leicht. Keine ruckartigen Bewegungen machen, dann könnte sie sich lösen und kaputt gehen.«

»Danke!«, sagte Julian erneut. »Oh, jetzt haben Sie Farbe am Hemd.« Der Mann hatte sich auf den Zaun gelehnt, als er ihm die Hummel gereicht hatte.

Der Mann lachte wieder. »Das macht nichts! Und nun sieh zu, dass du der Hummel einen schönen Platz in deinem Zimmer gibst, ich muss diese Stelle nämlich noch mal streichen.« Schmunzelnd griff er zum Pinsel und tunkte ihn in den Farb-eimer.

»Sie bekommt einen tollen Platz!«, rief Julian und rollte vorsichtig weiter. »Und danke noch mal!«

Er umschloss das Glas mit beiden Händen, um es vor etwaigen Erschütterungen zu bewahren und rollte aufgeregt nach Hause.

Vorsichtig legte Julian das Hummelglas auf den Boden unter der Treppe und zog einen Filzstift aus seiner Tasche. Er hatte sofort gesehen, dass Sina etwas unter die Treppe geschrieben hatte. Was genau, sah er erst, als er direkt davorsaß:

Was ist mit deinem Bruder?

Julian starrte auf die Frage. Was hatte Sina mitbekommen? War ihr aufgefallen, dass sein Bruder seit über drei Wochen nicht mehr da war? Hatte sie seine Mutter weinen gehört? Unschlüssig setzte er seinen Stift an und schrieb:

Er ist krank. Woher weißt du davon?

Er wollte noch hinzufügen, dass Sebastian ihm fehlte. Aber plötzlich hatte er einen Kloß im Hals und er konnte die Tränen nicht mehr aufhalten. Verzweifelt weinte er unter der Treppe in sein T-Shirt und versuchte, so wenig Geräusche wie möglich zu machen. Er wollte nicht, dass ihn irgendwer hörte.

Als er sich etwas beruhigt hatte, kroch er unter der Treppe hervor und lief schnellen Schrittes hoch in die Wohnung.

Am Abend ging er nochmal nach unten, um nachzusehen, ob Sina geantwortet hatte.

Wir haben deinen Vater auf dem Parkplatz getroffen. Er meinte, dein Bruder sei im Krankenhaus. Mehr hab ich nicht mitbekommen.

Julian schrieb unter ihren Text:

Ja, ist er. Ich vermisse ihn.

Die Schulwoche startete. Täglich kam Julian mit einer großen Menge Hausaufgaben aus der Schule zurück. Da sein Vater bis abends arbeitete und seine Mutter sich zu sehr zurückgezogen hatte, als dass er es auch nur wagte, sie um Hilfe zu bitten, erledigte er alles so gut er konnte allein. Sobald er damit fertig war, zog er sich seine Rollschuhe an und fuhr draußen umher. Am Donnerstag verabredete Julian sich mit Markus. Er freute sich, endlich mal nicht alleine Hausaufgaben machen zu müssen. Nachdem er mit Susanna schweigend zu Mittag gegessen hatte, packte er seinen Schulranzen und schnallte sich die Rollschuhe an. Es war nicht weit zu Markus. Als Julian in eine Seitenstraße einbog, fielen ihm die Blumen am Wegesrand auf. Sie waren groß und ihre glockenförmigen Kelche blühten leuchtend violett. Als er sie sich genauer ansah, bemerkte er, dass in einigen von ihnen kleine Hummeln saßen. In völliger Ruhe schienen sie den Nektar aus den Blüten zu sammeln, ohne sich dabei zu bewegen. Begeistert sah Julian eine Weile auf die Geschöpfe und wartete, bis sie davonflogen oder sich eine neue Blüte suchten. Aber nichts geschah. Unbewegt verweilten die Hummeln in ihren Kelchen. Julian wurde etwas unheimlich zumute. Waren die Hummeln tot? Vorsichtig näherte er sich mit seinem Zeigefinger einer Hummel und tippte sie leicht auf den Rücken. Hatte sie sich bewegt? Erneut tippte er sie an. Plötzlich bewegte sie ihre Beine und begann, im Blütenkelch herum zu krabbeln. Julian freute sich, dass die Hummel offensichtlich doch lebte und tippte vorsichtig eine weitere Hummel an, die sich ebenfalls zu bewegen begann. Da fiel es ihm wie Schuppen von den Augen: die Hummeln schliefen! Oder besser gesagt, hatten geschlafen. Voller Staunen blickte er auf die Hummeln, die er noch nicht angetippt hatte. Er widerstand dem Reiz, sie ebenfalls zu berühren. Sollten sie doch in Ruhe schlafen. Er hatte sich nie die Frage gestellt, wie und wo Hummeln schliefen. Jetzt hatte er die Antwort selbst herausgefunden. Stolz auf seine Entdeckung rollte Julian weiter.

Als er kurze Zeit später an Markus' Haustür klingelte, öffnete dieser und rief erfreut: »Hi Julian, komm rein! Ich habe schon angefangen mit den Hausaufgaben, die sind heute super einfach!«

Zwar hatte Markus mit seiner Aussage recht. Allerdings nur bezogen auf die Teilaufgaben 2a) und b) aus ihrem Mathebuch. Schon bei c) kamen die Jungs ins Grübeln. Schließlich packte Julian das Problem bei der Wurzel und erklärte Markus, der noch nicht soweit war, den Lösungsweg. Die letzten beiden Teilaufgaben, d) und e), hatten es in sich. Mit glühenden Köpfen brüteten sie über ihren Büchern und Heften. In ihren Händen der obligatorische, einsatzbereite Bleistift, dann saftige Wassermelonenscheiben, die Markus' Mutter ihnen auf einem großen Teller hingestellt hatte. Nach einigem Knobeln lösten sie die erste und machten sich an die letzte, eine Textaufgabe. Das dauerte.

»Kennst du schon den?«, sagte Markus. »Treffen sich zwei Geraden. Sagt die eine: Beim nächsten Mal gibst du einen aus.«

Julians Lachen kam spät. Markus winkte ab: »Schon ok, bei mir hat es auch gedauert.«

Zusammen lösten sie die Textaufgabe und machten sich an den Rest der Hausaufgaben. Als sie fertig waren, lehnten sie sich erschöpft zurück.

»Musst du schon los oder wollen wir noch was machen?«, fragte Markus. Ohne eine Antwort abzuwarten, fuhr er fort: »Darf ich mal deine Rollschuhe ausprobieren?«

Sie hatten die gleiche Schuhgröße, so dass dem nichts im Wege stand. Im Austausch gab Markus Julian seine Straßenschuhe und sein Fahrrad, auf dem Julian gelassen neben ihm her radelte, während Markus seine ersten Versuche auf Rollschuhen absolvierte und dabei gar kein schlechtes Bild abgab.

Sie rollten aus der breiten Auffahrt und fuhren die Straße bis zum Ende. Dort bogen sie auf einen Fahrradweg ab und folgten einer Landstraße. Der Fahrtwind war angenehm kühl. Wiesen und Weiden mit eingepackten Heuballen lagen zu beiden Seiten der Straße. In einiger Entfernung war ein alter Bauernhof.

»Sie fahren wirklich gut!«, rief Markus und deutete auf die Rollschuhe.

Julian nickte ihm zu. Langsam fuhren sie weiter den Fahrradweg entlang. Julian streckte seine Hand zur Seite aus und streichelte die vorüberziehenden Gräser. Ihre weichen Enden kitzelten seine Handflächen und hinterließen feine Samenkörner und abgestreifte Hülsen.

Plötzlich stoppte Markus an einem breiten, niedrigen Tor, das lediglich so hoch wie der Zaun war und ihnen etwa bis zur Brust ging. Es diente der Zufahrt von der Straße auf die Weide. Breite, erdige Fahrspuren sprenkelten die Zufahrt. Julian hielt ebenfalls an und schaute fragend zu Markus. Dieser zog seine Rollschuhe aus und begann, über den Zaun zu klettern.

»Komm mit!«, rief er aufgeregt.

»Was machst du da?«, fragte Julian, radelte das kurze Stück zurück und lehnte das Fahrrad gegen den Zaun.

Markus zog sich auf einen der mit einer weißen, plastikartigen Folie eingewickelten Heuballen. An dieser Stelle lagen mehrere Ballen dicht nebeneinander, was ihn dazu veranlasste, von einem auf den nächsten zu springen, als befände er sich in einem Abenteuerparcours.

Das sah nach Spaß aus. Kurzentschlossen erklomm Julian ebenfalls den erstbesten Heuballen und hüpfte reihum auf die anderen, bemüht, nicht das Gleichgewicht zu verlieren. Wie wild hüpften sie von einem Ballen auf den nächsten, lachend vor Freude. »Schneller!«, rief Markus Julian zu.

Julian bemerkte den Bauern zuerst, der aus dem Hof gelaufen und in ihre Richtung kam. Er war bereits auf halbem Weg und lief bedrohlich schnell.

»Markus!«, rief Julian, »der Bauer kommt! Weg hier!«. Sie rannten zum Tor, Julian schwang sich aufs Fahrrad und

Markus schnallte sich in Windeseile die Rollschuhe an. Mit ganzem Körpereinsatz begab er sich auf die schnellste Rollschuhfahrt seines Lebens, während Julian ihn vom Fahrrad aus anfeuerte: »Schneller! Schneller, Markus!«

Nach einigen Minuten bogen sie in Markus' Straße ein und kamen keuchend an seinem Haus an. Rasch öffneten sie das Garagentor und schlossen es hinter sich. In der massiven Seitenwand der Garage war ein winziges Fenster, durch das man die Auffahrt sowie den Eingangsbereich des Hauses sehen konnte. Die Köpfe eng aneinander, lugten sie vorsichtig durch das Fenster.

»Nichts zu sehen«, sagte Julian.

»Den haben wir abgehängt.«

»Zum Glück.«

»Der wird uns doch nicht bis hierher folgen, oder?«

»Er weiß ja nicht, wo du wohnst.«

»Und er wird ja nicht überall klingeln.«

Erleichtert ließen sie vom Fenster ab und sackten auf den Boden. Kaum hatten sie sich etwas beruhigt, hörten sie Schritte auf der Auffahrt. Erschrocken richteten sie sich auf und lugten durch das Fenster.

»Der Bauer!«, flüsterten sie wie aus einem Munde.

»Das kann doch nicht sein!«, sagte Julian.

»Mann, ganz schön unheimlich, dieser Typ. Dass er uns bis hierher folgt«.

Der Bauer klingelte an der Haustür. Markus' Mutter öffnete, aber sie konnten nicht hören, worüber sie sprachen.

Nur ein paar Wortfetzen drangen zu ihnen: *Kinder ... Prüfen ... Schaden ...*

Nach einer Weile ging der Bauer wieder. Langsam wagten sie sich aus der Garage und schnellen Schrittes rüber ins Haus. Markus' Mutter stand bereits im Flur, als sie eintraten.

»Jungs, wo wart ihr?«, war alles, was sie sagte.

Sie erklärten ihr, was sie gemacht hatten, und dass sie sich bis eben in der Garage versteckt hatten.

»Was hat er jetzt vor?«, fragte Markus ängstlich.

»Diese Heuballen sind für ihn und die Tiere sehr wichtig. Er wird jetzt prüfen, ob die Planen irgendwo eingerissen sind. Denn dann kämen Luft und Feuchtigkeit ins Heu, wodurch es schlecht wird. Wenn ihr die Planen bei eurem Getobe kaputt gemacht haben solltet, wird er wieder vorbeikommen und Schadensersatz verlangen.

»Tut uns leid«, sagte Markus. »Das wussten wir nicht«.

»Seid ihr mit euren Hausaufgaben fertig?«

Sie nickten.

»Dann kannst du Julian ja ein Stück nach Hause begleiten.«

Julian packte seine Schulsachen ein und zog sich die Rollschuhe an.

»Bleib ruhig, ich kann alleine los«, sagte Julian, als Markus Anstalten machte, ihn tatsächlich zu begleiten.

»Dann bis morgen«, sagte Markus.

»Bis morgen.« Leise fügte Julian hinzu: »War trotzdem witzig heute. Dummer Bauer.«

Markus unterdrückte ein Lachen und nickte Julian zu.

Langsam rollte Julian die Straßen entlang. Nach diesem Abenteuer bei Markus hatte er nicht sonderlich viel Lust, nach Hause zu gehen. Niemand wartete dort auf ihn, seit Sebastian nicht mehr da war. Nach einer Weile sah er wieder die glockenförmigen Blüten, die er auf dem Hinweg entdeckt hatte. Er hielt an und warf einen Blick hinein. Es waren immer noch einige Hummeln in den Kelchen, aber diesmal bewegten sie sich und flogen emsig von Blüte zu Blüte. Wahrscheinlich waren es andere Hummeln als vorhin, dachte Julian. Er fand, dass die Hummeln in den Blütenkelchen fröhlich aussahen. Kurzentschlossen setzte er sich auf den Gehweg neben die Blumen und träumte sich unter die Hummeln, so als wäre er bei guten Freunden. Nirgendwo wollte er jetzt lieber sein.

Als er wieder zu Hause ankam und einen Blick unter die Treppe warf, sah er eine neue Nachricht.

Was hat er denn?

Klar, dass sie wissen wollte, was Sebastian fehlte. Gerne hätte Julian es ihr gesagt, doch er verstand es ja selbst kaum. Alles, was er auf den kalten Stein schrieb, war:

Er schläft, aber er wacht nicht auf. Man nennt das Koma.

Traurig machte er sich auf den Weg nach oben in die Wohnung. Es war still, wie immer. Sein Vater war noch nicht von der Arbeit heimgekehrt. Seine Mutter saß im Wohnzimmer auf der Couch. Der Fernseher lief, aber der Ton war ausgeschaltet. Susanna starrte auf den Bildschirm. Julian fragte nicht, wieso.

»Hallo, Mama«, begrüßte er sie.

Sie sah ihn mit einem müden Lächeln an. Julian rechnete nicht mit einer Antwort.

»War alles schön mit Markus?«, fragte sie plötzlich.

»Ja!«, sagte Julian und zögerte kurz. Er war sich unsicher, ob sie mehr hören wollte. Aber dann erzählte er ihr in allen Details vom Nachmittag bei Markus. Angefangen mit den Hausaufgaben, bis zu ihrer Radtour und der Flucht vor dem Bauern. Er hatte keine Angst vor Susannas Reaktion auf ihr verbotenes Herumhüpfen auf den Strohballen, im Gegenteil. Eine Reaktion, welcher Art auch immer, war ihm immer noch lieber als gar keine.

Susanna hörte ihm zu und lächelte wieder müde. Dann streckte sie einen Arm aus, sagte: »Hey« und winkte ihn zu sich. Ohne zu zögern ging Julian zu ihr und fiel ihr in die Arme. Er fing an zu weinen. Sie ebenfalls. Aber sie fasste sich schnell.

»Es tut mir leid, Julian.« Sie schüttelte den Kopf. »Ich kann gerade einfach nicht. Aber irgendwann wird es auch wieder besser«. Sie drückte ihn kurz, dann ließ sie ab.

»Aber Sebastian wacht doch bald wieder auf!«, rief Julian.

Susanna schenkte ihm einen seltsamen Blick, der ihm Angst machte. Ein Blick, in dem keine Hoffnung lag, und der ihm sagte, dass sie mehr wusste als er. Vielleicht hatten die Ärzte ihr gesagt, dass Sebastian nicht mehr aufwachen würde. Oder war er bereits von ihnen gegangen?

Er verdrängte den Gedanken, ging in sein Zimmer und kam bis zum Abendessen nicht mehr heraus.

Am nächsten Tag hingen dunkle Wolken am Himmel, aber Julian machte sich trotzdem auf, um nach der Schule Rollschuh zu fahren. Nachdem er über den Parkplatz vor ihrem Gebäude gefahren und auf die Straße um den Block gebogen war, fuhr er etwas schneller als sonst über den grauen Asphalt. Er hatte Rückenwind und wurde in unregelmäßigen Abständen von kräftigen Windböen angetrieben. Seine Füße kribbelten von der Reibung der Rollen auf der Straße. Bäume wiegten sich im Wind, Blätter flogen umher. Er war noch nicht ganz um den Block gefahren, da begann es zu regnen. Schnell brachte er das letzte Stück hinter sich und stieß die Tür zum Gebäude auf. Er zog die Rollschuhe aus und warf einen Blick durch die Glasscheibe nach draußen. Jetzt begann ein richtiger Wolkenbruch, es schüttete wie aus Kübeln. Der Regen prasselte auf den Parkplatz und auf die Blumen in den Beeten neben der

Haustür. Die Blumen bebten und bogen sich tief durch. Im Inneren des Hauses waren die Geräusche gedämpft und die Welt draußen schien unwirklich. Kurz zog Julian an der Tür und öffnete sie einen Spalt. Augenblicklich drang das intensive Geräusch des Starkregens an sein Ohr. Er öffnete die Tür ganz. Das Geräusch des Regens faszinierte ihn. Das harte Platschen der Regentropfen auf der Steinfläche des Parkplatzes. Das weichere Geräusch des Regens, der auf die Blumen und die Erde in den Beeten fiel. Eine Windböe trieb den Regen schlagartig zur Seite, sodass sich dessen Geräusche nochmals veränderten. Aufmerksam betrachtete Julian die Wasserbahnen, die sich auf dem Boden gebildet hatten und dort verteilten. Er nahm einen tiefen Atemzug und ließ die Tür ins Schloss fallen. Die Klänge des Regens waren wieder gedämpft. Auf Socken kroch er unter die Treppe und las:

Er wacht bestimmt wieder auf!

Julian stellte sich vor, wie Sebastian aufwachte und zurück nach Hause kam. Als erstes würde er ihm die Rollschuhe zeigen und erzählen, was er auf ihnen entdeckt hatte. Danach ...

Er stutzte. Plötzlich hatte er eine Idee. Aufgeregt packte er seine Rollschuhe, rannte die Treppe hoch und stürmte in sein Zimmer. Wieso warten, bis Sebastian zurückkam? Wieso schrieb er nicht jetzt schon alles auf, was er auf Rollschuhen entdeckt hatte? Dann konnte er Sebastian jedes

Mal, wenn er bei ihm am Bett saß, etwas vorlesen. Er kramte in der Schublade nach einem Heft. Vielleicht konnte Sebastian ihn ja hören! Dann konnte er ihn an seinen Rollschuhfahrten teilhaben lassen. Vielleicht würde er sogar davon träumen!

DREI

Als einige Wochen später die Sommerferien begannen, freute Julian sich riesig auf einen Wochenendurlaub mit Markus' Familie. Julians Eltern hatten keinen Urlaub gebucht, weil sie wegen Sebastian nicht wegfahren konnten. Das Angebot, Markus und dessen Familie auf einen Reiterhof zu begleiten, kam überraschend. Julian glaubte, dass sein Vater das irgendwie eingefädelt hatte.

Am Vorabend der Reise packte Julian eine Tasche mit seinen Sachen und konnte vor Aufregung kaum schlafen. Am frühen Morgen fuhr sein Vater mit ihm los. Nach mehrstündiger Fahrt kamen sie am Ferienhof an. Der große Van von Markus' Eltern stand mit geöffneter Rückklappe auf dem Schotterparkplatz. Rudolf, Markus' Vater, war gerade dabei, die letzten Gepäckstücke zu entladen, als er sie bemerkte und ihnen zunickte. Julian verabschiedete sich von seinem Vater und hievte seine Tasche aus dem Kofferraum. Friedbert und Rudolf wechselten ein paar Worte, dann hielt Rudolf Julian einen Beutel mit Essenssachen entgegen und sagte: »Du hast ja noch eine Hand frei.«

Voll bepackt verließen sie den Parkplatz und gingen über einen Sandweg in die Anlage, deren Größe Julian noch gar nicht überblicken konnte. Links und rechts standen restaurierte Hofgebäude, dazwischen ausrangierte landwirtschaftliche Maschinen, auf denen Kinder spielten. Sie passierten eine alte Tränke und einen Spielplatz. Danach führte der Weg durch eine kleine Parkanlage zu mehreren Wohnhütten hin. Auf eine davon steuerte Rudolf zu.

Ein Geruch von Holz und Kaffee stieg Julian in die Nase, als er ihre Hütte betrat und direkt im Wohn- und Esszimmer stand. Die Kinder – Markus, seine ältere Schwester Tanja und seine jüngere Schwester Johanna – waren gerade dabei, den Esstisch zu decken und begrüßten Julian erfreut. Markus' Mutter, Mechthild, stand in der Küchenzeile und sagte: »Hallo, Julian, willkommen! Wir machen erst einmal richtig Frühstück, denn das haben wir heute Morgen ausfallen lassen.«

»Ja, wir sind ganz früh aufgestanden und losgefahren!«, rief Johanna.

»So früh man eben mit vier Kindern losfahren kann«, sagte Mechthild und warf ihrem Mann einen schelmischen Blick zu.

Rudolf legte das Gepäck ab und gab einen entspannten Seufzer von sich. »Mann da, Kaffee fertig! Schau gut zu, Julian.«

Nachdem Julian seine Sachen in sein Zimmer gebracht hatte (er teilte sich ein Zimmer mit Markus, die Mädchen und die Eltern hatten jeweils ein anderes), wusch er sich die Hände und setzte sich an den reich gedeckten Frühstücktisch.

»Wart ihr schon einkaufen oder woher kommt das alles?«, fragte er.

»Glaubst du, der Beutel, den du getragen hast, war der einzige?«, witzelte Rudolf. »Das meiste unseres Gepäcks ist zum Verzehr geeignet. Meine Frau hat die halbe Küche mitgenommen«.

»Lasst es euch schmecken«, sagte Mechthild, Rudolf ignorierend.

Ohne zu zögern nahm Julian ein Brötchen, halbierte es und bestrich es mit Butter und Honig. Mechthild schenkte ihm heißen Tee ein. War der Frühstückstisch bei Markus immer so üppig gedeckt? Während der Tee abkühlte, trank Julian einen Kakao und schmierte Erdbeermarmelade auf die zweite Brötchenhälfte. Sein Blick fiel auf eine Schale braunen Kandis. Er gab zwei gehäufte Löffel zum Tee, rührte gemächlich und merkte, wie wohl er sich fühlte und wie groß sein Appetit war. Ein glückliches, geselliges Familienleben fehlte ihm. Langsam sah er auf und versuchte, die Menschen um ihn herum unauffällig zu beobachten: Johannas Zahnspange glich einer Reuse für Brötchenkrümel. Tanja schien weniger mit dem Frühstück als dem Binden ihres Pferdeschwanzes beschäftigt zu sein. Mechthilds Blick huschte unruhig über den Tisch, als wäre sie auf der

Suche nach dem fehlenden Puzzleteil. Markus verschüttete den Kandis überall hin, nur nicht in seine Tasse. Und Rudolf, dessen Vorliebe für Sarkasmus Julian bereits kennengelernt hatte, verkniff es sich, einen Kommentar abzugeben, murmelte ihm angesichts der Kandisstückchen in der offenen Butter aber knapp zu: »Er hat schon seinen Dachschaden.«

Julian schmunzelte, und Johanna, die Rudolf wohl gehört hatte, schloss sich an.

»Was sind die Pläne für heute?«, fragte Markus in die Runde.

»Ich gehe erst einmal joggen«, sagte Mechthild.

»Dann sind wir die schon mal los«, sagte Rudolf zu den Kindern und blinzelte seiner Frau schelmisch zu.

»Ich will zu den Pferden!«, rief Johanna.

»Ich auch«, sagte Tanja. Sie sah Julian an und fügte hinzu: »Die Pferde sind jetzt auf der Sommerweide.« Sie zeigte nach draußen. »Immer weiter durch den Park und den Hügel hinauf. Da oben ist es wie im Paradies! Riesige Wiesen voller Blumen, ein schöner alter Stall, ein großer Paddock, gemütliche Sitzecken. Und wenn man Glück hat, keine Menschenseele weit und breit.« Sie zuckte mit den Schultern. »Einfach eine Gegend, in der man die Seele baumeln lassen kann.«

Julian trank den letzten Schluck Tee. »Ich bin gespannt.«

Das Frühstück war großartig. Als sie fertig waren, setzte Julian dazu an, den Tisch abzuräumen. Aber Mechthild hob die Hand, verneinte mit ihrem Kopf und sagte mit einem kurzen Blick zu den Kindern: »Das machen wir schon.«

Markus nahm seinen und Julians Teller, stellte sie aufeinander und trug sie in die Küche.

»Verheb dir nichts«, sagte Rudolf.

Wenig später gingen Markus, Tanja, Johanna und Julian zur Sommerweide. Die Sonne schien hinter einer milchigen Wolkendecke, es war warm und ein leichter Wind wehte durch ihre Haare. Auf dem Weg zeigten die Geschwister Julian den Stall und einige Schlupfwinkel, die der Hof in seiner Architektur bot.

Als sie an der Pferdekoppel ankamen, sahen sie einen Mann vor der Koppel in der Hocke sitzen und etwas vom Boden aufsammeln.

»Da ist Ingo, der Sohn des Hofbesitzers«, rief Tanja. »Wir kennen ihn schon, seit wir klein sind. Seine süßen Zwillingstöchter sind bestimmt auch irgendwo hier, die müssten jetzt drei oder vier sein.«

Ingo bemerkte sie und rief erfreut: »Tanja, Markus!«

Die Kinder gingen zu ihm. Ingo lächelte sie an. »Und die gar nicht mehr so kleine Johanna! Und wer bist du?«

»Ich bin Julian, ein Freund von Markus«, sagte Julian.

»Schön«, sagte Ingo, »willkommen auf unserem Hof! Habt ihr schon was vor?«

»Wir wollen zu den Pferden!«, sagte Johanna.

»Na klar, alle wollen zu den Pferden! Aber wenn ihr mir einen Gefallen tun wollt, könnt ihr mir zunächst helfen, die

Dornen zwischen Stall und Weide aufzusammeln. Und einer von euch kann vielleicht mit meinen Töchtern spielen.« Er zeigte auf einen kleinen Spielplatz, auf dem zwei kleine Mädchen umherliefen, und fügte augenzwinkernd hinzu: »Haltet sie mir vom Hals.«

Respektvoll schaute Julian auf die Pferde, die friedlich auf der Weide grasten.

»Bist du schon mal geritten, Julian?«, fragte ihn Ingo.

Julian schüttelte den Kopf.

»Wenn wir hier fertig sind, können wir dich auf einem der Pferde longieren«, sagte er.

Es dauerte nicht allzu lange, bis Ingo eines der Pferde in den Paddock holte und es tätschelte. »Du kannst es auch vorsichtig streicheln«, bot er an.

Julian führte seine Hand an das junge Pferd mit seinem hellen Fell und streichelte seine Flanke. Mit seinen großen dunklen Augen schaute es ihn freundlich und neugierig an.

»Alina ist ein wundervolles Pferd«, schwärmte Ingo. »Sie geht so sanft, dass ich nicht mal einen Sattel brauche. Manchmal gelingt es mir sogar, freihändig auf ihr zu reiten!«

Julian spürte die Wärme des Tiers und seine Kraft. Die Verbindung zwischen ihnen war etwas Besonderes. Langsam nahm er seine Hand wieder von der Flanke des Pferds.

»Glaubst du, dass ich auch Reiten lerne?«, sagte er.

»Natürlich! Das schaffst du schon. Und«, fügte Ingo grinsend hinzu, »du musst auch alles machen, was dazugehört. Du weißt schon, den Stall ausmisten, das Pferd schrubben, die Hufe pflegen und so weiter.«

Nachdem sie Ingo geholfen hatten, die Dornen aufzusammeln und abwechselnd mit seinen Töchtern gespielt hatten, durfte Julian zum ersten Mal auf einem Pferd reiten. Ingo longierte Alina langsam im Kreis, während Julian stolz auf ihrem Rücken saß und sich gut festhielt. Er bemerkte, dass Tanja vor Freude gar nicht aus dem Grinsen herauskam. Danach waren Johanna, Markus und Tanja an der Reihe. Tanja ritt als einzige ohne Ingos Hilfe.

Nach dem Ritt bat Ingo sie, Alina in den Stall zu führen, zu schrubben und zu striegeln.

»Zeigt Julian mal, wie das geht!« Er zeigte auf seine Töchter. »Und nehmt die Mädels mit!«

Julian und Markus nahmen jeweils einen Zwilling an die Hand und folgten Tanja, Johanna und Alina in Richtung Stall.

Als sie dort ankamen, gingen die Zwillinge schnurstracks zum Pferd und streckten sich, um seinen Kopf zu streicheln. Tanja verteilte derweil Aufgaben.

»Ihr beide mistet den Stall aus«, sagte sie und deutete auf ihre Geschwister. »Und dir, Julian, zeige ich, wie man das Pferd schrubbt und striegelt.«

Sie hielt Julian einen leeren Eimer hin und sagte: »Füll den mal bitte mit Wasser. Hinter dem Stall ist ein Hahn«.

Julian nahm den Eimer, verließ den Stall und suchte den Wasserhahn. Hinter dem Stall sah er ihn sofort, ließ aber interessiert seine Blicke über das Gelände schweifen. Nach links erstreckte sich ein schmaler Weg entlang des Stalls und verschwand um eine Biegung, die in Richtung des Hofes führte. Von dort drangen leise Stimmen an sein Ohr. Kurzerhand ließ er den Eimer stehen und schlich um die Biegung. Er folgte einem kleinen Trampelpfad durch dichtes Buschwerk. Mit dem rechten Arm schützend vor dem Gesicht bahnte er sich einen Weg durch das Dickicht, bis er im Unterholz drei Jungs erkannte, die sich aneinandergedrängt über etwas beugten und dabei tuschelten. Julian schlich etwas näher an sie heran. Ein Zweig knackste unter seinen Füßen, woraufhin die Jungs erschrocken aufblickten und ihn entdeckten. Wohl erleichtert, nicht von einem Erwachsenen gefunden worden zu sein, stöhnten sie und riefen: »Alter, hast du uns erschreckt! Was willst du?«

»Nichts«, sagte Julian, dem nichts Besseres einfiel.

»Wie heißt du?«, fragte einer der Jungs. Er hatte dunkle Haare und schien in Julians Alter zu sein.

»Julian.«

»Ich bin David.« Er sprach seinen Namen englisch aus. »Das sind Leon und Ramesh.«

»Was macht ihr da?«, fragte Julian.

David und die beiden anderen Jungs zögerten kurz. Dann winkte David Julian heran: »Schau mal!«

Julian ging zu ihnen. Die Jungs starrten in eine faustgroße Grube im Boden, die sie ausgestochen hatten. Für eine Sekunde wusste Julian nicht, was das sollte. Dann sah er in der Grube einige Insekten liegen. Eine Wespe und zwei Käfer. Die Insekten bewegten sich schwerfällig. Er bemerkte, dass sie ihre Flügel, oder zumindest Teile davon, verloren hatten. Leon fuhr mit einem dünnen Zweig über die Wespe und drückte ihren Leib in den Boden.

Julian fiel es wie Schuppen von den Augen. Die Jungs hatten die Insekten gefangen und quälten sie zum Vergnügen.

»Habt ihr ihnen die Flügel ausgerissen?«, fragte er.

»Ja! Geil, oder?«, sagte David.

Erschrocken starrte Julian in die Grube und versuchte, sich sein Entsetzen nicht anmerken zu lassen. »Warum macht ihr das?«

David zuckte mit den Schultern. »Wieso nicht?«, sagte er und hielt ihm ein Stöckchen hin. »Willst du auch mal?«

»Das ist ja, als ob man euch einen Arm ausreißen würde!«, sagte Julian.

Leon stöhnte auf und sah David in der Erwartung an, dass dieser sich im Namen aller rechtfertigte. Ramesh blieb stumm und schaute auf seine Schuhe. Ihm war die Situation offenbar unangenehm.

David stand auf, baute sich vor Julian auf und sagte laut: »Wenn du nicht mitmachen willst, dann hau ab!«

»Dann nehme ich die Insekten mit«, sagte Julian.

Mit ein paar Hüben verschüttete David das Loch mit Erde und begrub die Insekten darin. »Machst du nicht.«

Fassungslos blieb Julian stehen. Ihm fehlten die Worte. Ein Impuls, David beiseite zu stoßen und die Insekten aus der verschütteten Grube zu befreien, stieg in ihm auf. Aber ihm war klar, dass er nicht so weit kommen würde.

»Ihr seid ja krank«, sagte er nur, drehte sich um und ging zurück zum Stall.

»Selber krank«, rief David hinterher.

Julian hievte den schweren Wassereimer in den Stall und setzte ihn wütend ab. Wasser schwappte über seinen Rand.

»Hast du noch einen Mittagsschlaf gehalten, oder was hat da so lange gedauert?«, rief Tanja, während sie sich zu ihm umdrehte. Sie hielt ihm Lappen und Bürste hin und beäugte ihn misstrauisch.

»Was ist los?«, fragte sie.

»Nichts«, erwiderte Julian und griff nach den Utensilien, um Alina zu schrubben.

»Warte«, sagte Tanja. »Hast du das schon mal gemacht? Na also. Ich zeige dir, wie es geht.«

Langsam und sorgfältig striegelte er Alina, die seine Pflege sichtlich genoss. Schließlich legte er die Bürste weg und tat einen Schritt zurück. Durch die Holzlatten der Stalltür und das kleine Fenster aus dickem, sich wellenden Plastik schienen staubige Sonnenstrahlen. Tanja war beeindruckt von Julians Arbeit und lobte ihn.

»Nicht schlecht, Herr Specht! Und jetzt sag mir, was vorhin los war.«

Julian setzte sich in eine Ecke und erzählte ihr von den Jungs, die die Insekten gequält hatten. Er sprach leise, damit die anderen, vor allem die Zwillinge, nichts mitbekamen.

»Was für Spinner!«, sagte Tanja.

Julian nickte. »Wollen wir uns nicht irgendwas Gemeines für sie überlegen? Wir könnten einen Haufen Spinnen sammeln und sie damit erschrecken!«

»Damit stacheln wir sie nur gegen uns auf«, sagte Tanja. »Da müssen wir uns schon was Besseres überlegen. Wir wollen ja eher, dass sie ihr Verhalten ändern, als dass sie wütend auf uns werden.«

Angestrengt dachten sie nach. Plötzlich sagte Tanja: »Im Gemeinschaftsraum liegen doch immer Flyer mit den wöchentlichen Veranstaltungen herum!«

Julian zuckte mit den Schultern. »Was hast du vor?«

»Wenn im Programm eine interessante Veranstaltung ist, machen die Jungs vielleicht mit. Ich überlege mir, wie ich ihnen einen Denkzettel verpassen kann. Ich habe da schon eine Idee.« Sie grinste etwas überheblich. »Warte hier!«

Tanja verließ den Stall und kehrte ein paar Minuten später mit dem Wochenprogramm des Hofs zurück.

Julian und Tanja beugten sich über den Flyer.

»Hier«, sagte Tanja und deutete auf einen Eintrag für den nächsten Tag. »*Von der Biene zum Honig – eine Führung durch die hofeigene Imkerei.*«

»Klingt nicht, als würden die Jungs sich für so was interessieren«, stellte Julian fest.

»Aber vielleicht ihre Eltern«, entgegnete Tanja. »Sie schleppen die Jungs dann vielleicht einfach mit.« Sie zuckte mit den Schultern. »Einen Versuch ist es wert.«

»Und was genau willst du da machen?«, fragte Julian.

»Das lass mal meine Sorge sein«, erwiderte Tanja geheimnisvoll.

In dem Moment steckte Ingo seinen Kopf zur Tür herein.

»Na, alles paletti? Ich nehme die beiden dann mal wieder mit«, sagte er und nahm seine Zwillingstöchter an die Hand. »Danke fürs Aufpassen!«

»Nicht dafür!«, rief Tanja. »Sag mal«, begann sie, »diese Führung durch die Imkerei morgen. Gibst du die selber?«

»Ja, zusammen mit unserem Imker. Treffen ist um zehn Uhr im Hauptgebäude. Seid ihr auch dabei?«

»Unbedingt«, sagte Tanja und warf Julian einen kurzen Blick zu. »Dann sehen wir uns morgen!«

Am nächsten Tag trafen sie sich um zehn Uhr morgens im Gemeinschaftssaal des Hauptgebäudes. Viele Kinder und Jugendliche warteten bereits mit ihren Eltern auf den Beginn der Führung. Ingo wuselte zwischen den Räumlichkeiten des Hauptgebäudes hin und her, bis er schließlich in den Gemeinschaftssaal trat und sich einen geeigneten Platz für eine kleine organisatorische Ansprache suchte.

Julian hatte bereits David, Leon und Ramesh erspäht, die am anderen Ende des Raums zwischen einigen Erwachsenen standen. Vermutlich ihren Eltern.

Tanja, die etwas abseits von Julian und ihrer Familie stand, hatte sich auffällig hübsch gemacht. Sie war geschminkt, hatte Wimperntusche aufgetragen und trug ein weißes, bauchfreies Top. Ihre langen Haare fielen offen über ihre Schultern. Die meisten der Jungs im Raum warfen ihr verstohlene Blicke zu, darunter auch David, Leon und Ramesh.

»Liebe Gäste«, begann Ingo und bat um etwas Ruhe. »Heute möchten wir euch etwas ganz Besonderes vorstellen.« Er hielt ein Glas Honig hoch. »Das hier. Ja, davon könnt ihr gerne was mit nach Hause nehmen – schaut einfach später im Hofladen vorbei. Aber vorher möchten wir euch auf den aufregenden Weg von der Biene bis zum Honig mitnehmen. Wir gehen gleich rüber in unsere Imkerei. Dort wird Wolfgang, unser Imker, euch etwas über Bienen erzählen und wie sie Honig herstellen. Ihr könnt ihn dabei beobachten, wie er in seinem Imkeranzug Honigwaben aus unseren Bienenstöcken zieht. Und an unseren Ausstellungsfenstern könnt ihr ins Innere eines Bienenstocks gucken, nur mit einer Glasscheibe zwischen euch und den Bienen. Tauchen wir zusammen in die faszinierende Welt der Bienen ein, hochsoziale Geschöpfe, die nicht nur Honig produzieren, sondern auch fürs Klima wichtig sind! Aber ich will nicht zu viel verraten.«

Ingo rief die Gruppe auf, ihm zu folgen, und ging voran zur Imkerei.

Die Führung durch die Imkerei beeindruckte Julian sehr. Er lernte viel über das Leben der Bienen im Bienenstock. Etwa, wie sie sich organisierten, Futter suchten und Nachwuchs bekamen. Und natürlich, wie Honig hergestellt wurde. Aber das Interessanteste war der Moment, als Tanja sich zu David, Leon und Ramesh gesellte. Sie passte die Jungs ab, als die Gäste sich gerade mit etwas Abstand um einen Bienenstock herum versammelt hatten und dem Imker bei seinen Ausführungen zuhörten. Die drei Jungs standen in der letzten Reihe, unterhielten sich und kicherten leise. Offensichtlich hatten sie wenig Lust, dem Imker zuzuhören oder sich die Bienen anzuschauen.

Tanja schlich sich von hinten an die Jungs heran und sagte leise: »Na, findet ihr es auch so langweilig wie ich?«

Überrascht schauten die Jungs sie an. »Ja«, sagten sie wie aus einem Munde. David deutete auf den Imker. »Der Typ labert ohne Ende.«

Julian versteckte sich hinter eine großen Infotafel und versuchte, sie zu belauschen.

»Wen interessiert denn dieses ganze Kroppzeug!«, sagte Tanja gerade. »Mich nervt das nur. Vor allem, wenn es fliegt.« Sie wedelte mit ihrer Hand vor dem Gesicht hin und her, als verscheuche sie eine lästige Fliege.

Die Jungs kicherten zustimmend. »Wir haben gestern einem Käfer die Flügel ausgerissen!«, sagte Leon stolz.

David stieß ihm unauffällig in die Seite. Anscheinend wollte er nicht, dass seine Freunde vor Tanja über die Sache redeten.

»Nur einmal«, versuchte er die Sache herunterzuspielen.

Aber Tanja hatte das Gespräch genau da, wo sie es haben wollte. Entsetzt starrte sie die Jungs an. Dann verzog sie vor Ekel ihr Gesicht und sagte: »Ihr habt einem lebenden Käfer dic Flügel ausgerissen?«

Leon und Ramesh blickten verschämt zu Boden, während David zu einer Erklärung ansetzte. Aber die ließ Tanja gar nicht erst zu. »Ich würde nie mit jemandem ausgehen, der so was macht«, sagte sie angewidert. »Werdet erwachsen.« Damit drehte sie den Jungs den Rücken zu und mischte sich unter die Gäste.

Julian grinste in sich hinein und mischte sich bei der nächsten Gelegenheit unbemerkt in die Menge.

Später im Hofladen kaufte er ein Glas Honig als Geschenk für seine Eltern, die er morgen wiedersehen würde. Und als die Veranstaltung vorbei war und sie endlich wieder unter sich waren, redete er begeistert auf Tanja ein.

»Das war richtig cool!«, sagte er. »Denen hast du es gezeigt!«

Er konnte es sich nicht genau erklären, aber auf seinen Rollschuhfahrten hatte er eine neue Verbindung zwischen sich und der Natur hergestellt. Er hatte sie liebgewonnen und fühlte sich mehr denn je selbst als Teil der Natur.

»Ich hoffe, sie machen so etwas nicht nochmal«, sagte er abschließend.

Markus gesellte sich zu ihnen. »Wer macht was nicht nochmal?«

VIER

Als die Sommerferien sich dem Ende neigten und sein Vater wieder zu arbeiten begann, fühlte Julian sich wieder sehr einsam. Sebastian fehlte ihm so sehr. Und seine Eltern auch. Wo war die Familie, die sie gewesen waren? Das Gefühl von Wärme und Geborgenheit? Seine Eltern waren so abwesend, dass es fast keinen Unterschied machte, ob sie da waren oder nicht. Das Einzige, was sie abgesehen von den Mahlzeiten zusammen unternahmen, waren die Besuche im Krankenhaus. Alle paar Tage standen sie an Sebastians Bett. Der Ablauf war immer der gleiche. Sie hielten abwechselnd seine Hand und sagten ihm ein paar liebe Worte. Dass sie ihn vermissten und sich wünschten, dass er bald wieder aufwachen und gesund werden würde. Dass es zu Hause nicht dasselbe sei ohne ihn. Julian erzählte ihm manchmal einfach etwas aus der Schule. Viel zu sagen hatte er nie.

Susanna weinte jedes Mal. Niemand von ihnen sprach es aus, aber während sie Sebastians Hand hielten und mit ihm sprachen, wussten sie nie, ob sie nicht eigentlich Abschied nehmen sollten.

Einmal in der Woche ging Julians Mutter zu einem Therapeuten und war für etwa zwei Stunden nicht zu Hause. So auch heute, als Julian allein in der Wohnung saß und nicht wusste, was er tun sollte. Den Dialog unter der Treppe hatten Sina und er weitergeführt. Auf Sinas letzten Satz hatte Julian geantwortet, dass er ihr sofort Bescheid geben würde, wenn Sebastian wieder da war. Danach hatten sie noch einige Male hin- und hergeschrieben, über ganz unterschiedliche Dinge. Mittlerweile waren mehrere Stufen von links nach rechts mit dünnem Filzstift beschrieben. Zuletzt hatte Sina ihm verraten, dass sie und ihre Eltern für zwei Wochen an die Nordsee fahren würden. Seitdem hatte er nichts mehr von ihr gehört. Vorsorglich hatte er bereits die nächste Stufe mit der Frage versehen, wie ihr Urlaub gewesen sei. Aber sie hatte noch nicht geantwortet.

Susanna war nun schon über eine Stunde weg. Zwar hatte sie ihn gebeten, zu Hause auf sie zu warten, aber er hielt es nicht mehr aus. Nachdem sich ein paar dunkle Wolken entladen hatten und der Himmel aufklarte, packte Julian seine Rollschuhe, verließ die Wohnung und kroch im Erdgeschoss unter die Treppe. Immer noch keine Antwort.

Enttäuscht rollte er los. Er wollte nur weg. Weder schaute er auf die Blumen und Insekten in den Beeten entlang der Straße, noch schenkte er dem Bordstein seine Aufmerksamkeit. Und er sah auf kein einziges Blatt in den Bäumen oder an den Büschen.

Julian verließ den Block in Höhe jener Straße, in der er dem alten Mann begegnet war, der ihm das Hummelglas geschenkt hatte. Zunächst rollte er in eine Seitenstraße, in der er noch nie gewesen war. Nach einer Weile stieß er auf eine Hauptstraße, die er wieder kannte. Hier fuhr ihn seine Mutter immer zur Schule. Er wog sich in Sicherheit und legte Straßenzug um Straßenzug hinter sich. Er fuhr weiter weg, als seine Eltern es ihm erlaubt hatten, aber das war ihm egal. Er erreichte die Ausläufer eines Waldstücks und folgte einem Weg aus festgetretenem Erdboden. Dreck verfing sich knirschend in den Rollen seiner Schuhe, er lief eher, als dass er rollte. Der Weg führte weiter in den Wald hinein und an einem schmalen Bach vorbei. Ein altes Wasserrohr stach dunkel und vermodert aus einem mit totem Laub bedeckten Hügel hervor. Ein dünnes Rinnsal bahnte sich einen Weg aus seinem Schlund und plätscherte hohl in den Bach. Irgendwas an diesem Rohr zog Julian an, sodass er sich näherte und mit einem Bein die niedrige Böschung zum Bach hinunterstieg, dabei den Fuß quer stellte, um nicht abzurutschen. Er versuchte, einen Blick in das Rohr zu werfen, aber nichts als Schwärze trat ihm entgegen. Fade Lichtstrahlen umspielten den Auslass, und plötzlich drangen konfuse Geräusche an seine Ohren, durch das Rohr merkwürdig verzerrt. Da war das Plätschern des Wassers, das Rascheln der Blätter, das Zwitschern der Vögel. Ein leises Motorengeräusch und knirschender Sand. Julian ließ ab und schaute sich um. Etwas weiter stieß der Weg auf eine Lichtung. Er setzte zurück auf den Weg und rollte auf die

Lichtung zu. Ein friedlich schöner Anblick breitete sich vor ihm aus: Eine große, sattgrüne Wiese, an deren gegenüberliegender Seite ein Auto entlangfuhr. Das war es also, was er gehört hatte. Das Auto näherte sich langsam über einen breiten Sandweg, der um die Wiese herumführte. Instinktiv versteckte Julian sich hinter einem großen Baum am Rand des Waldes. Plötzlich schwenkte das Auto nach links und fuhr ein Stück auf die Wiese direkt in seine Richtung und zum Rand des Waldes. Julian ging in die Hocke und legte seine Hände auf die Rollschuhe. Neugierig beobachtete er das Auto. In kurzer Entfernung blieb es stehen.

Ein Mann stieg aus und Julian hörte jemanden weinen. Gedämpft, als käme das Geräusch aus dem Wageninnern. Der Mann öffnete die Hintertür. Augenblicklich wurde aus dem Weinen lautes, hohes Geschrei, wie von einem Kind. Vor Schreck riss Julian die Augen auf. Kurz erkannte er ein Mädchen mit dunklen Haaren, das auf den Rücksitzen saß und sich gegen die Tür presste. Er traute seinen Augen nicht. Julian war sich sicher, dass das Mädchen niemand anderes war als Sina. Dann kroch der Mann zu ihr auf die Hinterbank.

Julian bekam Angst. Er verstand nicht, was passierte, aber spürte große Gefahr. Der Mann griff hinter sich, um die Seitentür zuzuziehen. Plötzlich stieg das Bild der begrabenen Insekten in Julian auf, und er stieß einen kurzen, lauten Schrei aus. Erschrocken hielt er sich die Hände vor den Mund. Der Mann stolperte aus dem Wagen und bewegte den Kopf wild hin und her auf der Suche nach der Herkunft des Schreis. Plötzlich schlüpfte Sina aus der Tür und rannte in Richtung Wald, ehe der Mann verstand, was passierte. Er setzte an, ihr nachzulaufen, aber auf halbem Weg blieb er abrupt stehen, rannte zurück zum Wagen, schloss alle Türen und setzte sich auf den Fahrersitz. Er ließ seinen Blick rundum über den Waldsaum gleiten. Julian blieb hinter seinem Baum, kniff die Augen fest zusammen und machte sich so klein wie möglich. Alles, was er sah, war die Dunkelheit des Rohres. Seine Finger krallten sich an die Rollschuhe. Plötzlich erschienen seine Eltern vor seinem geistigen Auge und er wünschte sich mit aller Kraft, dass sie herkommen und ihn beschützen würden.

Alles war still. Angst und Panik hielten Julian in Starre. Dann hörte er den Motor starten und das Auto fuhr laut und schnell auf dem Weg, den es gekommen war, davon.

In höchster Anspannung blieb Julian auf dem Waldboden sitzen. Er wagte nicht, sich zu rühren. Als sich das Motorengeräusch immer weiter entfernte und schließlich nicht mehr zu hören war, löste sich seine Anspannung. Er begann am ganzen Körper zu zittern. Seine Beine gaben nach, als er versuchte aufzustehen. Er fiel zur Seite und blieb eine Weile liegen, atmete den Geruch des Waldbodens ein. Das Zittern legte sich etwas. Langsam richtete Julian sich auf. Wo war Sina? Lief sie nach Hause? War sie noch in Gefahr? Er musste versuchen, sie zu finden. Er zog seine Rollschuhe aus und lief aus dem Wald hinaus, den Sandweg entlang bis zur nächsten Straße. Dort zog er die Rollschuhe an und rollte so schnell er konnte nach Hause.

Als der Parkplatz vor ihrem Haus in Sichtweite kam, sah er Sina, die gerade ins Haus lief. Julian war erleichtert. Erschöpft rollte er das letzte Stück zum Haus und stieg schwer atmend die Treppe hinauf. Bevor er die Wohnungstür öffnete, setzte er sich kurz auf die Treppenstufen und atmete tief durch. Seine völlig verdreckten Socken zog er aus. Leise öffnete er die Wohnungstür und sah die Schuhe seiner Mutter im Flur. Sie war schon zurück. Fieberhaft überlegte er, wie er ihr von seinem Erlebnis erzählen konnte. Er tapste in den Flur und stellte die Rollschuhe vorsichtig ab. Dabei hielt er die schmutzigen Socken hinter seinem Rücken versteckt.

Plötzlich durchbrach ein lautes Schluchzen die Stille.

Erschrocken blieb Julian im Flur stehen und lauschte. Das Schluchzen wiederholte sich, es kam aus dem Schlafzimmer seiner Eltern. Leise huschte er in sein Zimmer und versteckte die Socken unter seinem Bett. Später würde er sie in den Müll werfen. Erneut hörte er Schluchzen und leises Wimmern. Er ging zur Schlafzimmertür und umfasste den Türgriff. Er wollte eintreten, aber irgendetwas hielt ihn davon ab. Da war eine Distanz. Eine Fremde. Und ehe das Schluchzen seiner Mutter aufhörte, war er wieder in seinem Zimmer und verließ es bis zum Abend nicht mehr.

Er dachte über den Vorfall im Wald nach und versuchte die Gefühle, die er hinterlassen hatte, einzuordnen. Es war purer Schrecken, Angst, und noch mehr. Es war der Blick in das dunkle, nasse Abwasserrohr im Wald. Die flügellosen Insekten in der verschütteten Grube. Seine Mutter, die seit zwei Monaten weinte, und sein Bruder, der sich nicht bewegte.

Er wusste nicht, ob er seine Rollschuhe je wieder anziehen würde.

In der Nacht hatte Julian Albträume. Er war an einem dunklen, fremden Ort, verlor seine Eltern und suchte sie vergeblich. Unheimliche Kreaturen verfolgten ihn. Er versuchte ihnen zu entkommen, aber seine Beine bewegten sich kaum. Seine Füße waren mit schweren Klumpen Dreck und Erde bedeckt, die er nicht abschütteln konnte. Immer wieder wachte er auf, wälzte sich im Bett und fiel in den nächsten aufwühlenden Traum. Als er am nächsten Morgen erwachte, war er nervös und unruhig. Die Erinnerung an den Vorfall im Wald machte ihm Angst. Wie ging es Sina? Sie musste noch viel mehr Angst haben. Warum war sie bei dem Mann gewesen? Kannte sie ihn?

Unruhig stand Julian auf. Er sollte frühstücken, hatte aber keinen Appetit. Er holte sich nur ein paar Maiswaffeln aus der Küche, schnappte sich dann seine Jacke von der Garderobe und verließ ohne Rollschuhe die Wohnung.

Der Himmel war grau, das Licht fahl. Seine Hände waren kalt. Julian fühlte sich wie ein Schatten. Der gestrige Tag kam ihm unwirklich vor. Gedankenversunken schlich er über den Parkplatz, knabberte an einer Waffel und machte sich auf den Weg um den Block. Erst als er an jener Stelle vorbeikam, an der er vor einigen Wochen die Ameisenstraße entdeckt hatte, wachte er aus seinen Gedanken auf. Er beugte sich runter und sah sich die Stelle genau an: Die Ameisen waren fort. Vergeblich hielt er nach den kleinen Tierchen Ausschau. Doch ihre Wanderschaft war versiegt, der vulkanförmige Eingang verschwunden. Ein komisches Gefühl durchzog ihn. Er ging am Haus des alten Hummelmannes vorbei. Im Haus und Garten war niemand zu sehen, nur die Farbe des Zauns blätterte ab. Kein sommerlicher Geruch lag in der Luft. In den Blumen und Gräsern am Straßenrand tummelte sich kein Insekt. Alles schien stillzustehen, fort zu sein. Der Sommer, die Pflanzen, die Tiere. Es war, als stünde er in einer leblosen, starren Welt. Als sei er das letzte Lebewesen auf der Erde.

Niedergeschlagen drehte er um und ging zurück nach Hause. Er hatte das Bedürfnis, irgendetwas zu tun, aber er wusste nicht, was. Er sollte mit seinen Eltern sprechen, dachte er, aber fühlte sich nicht danach. Außerdem konnte er seine Mutter nicht zusätzlich belasten. Ihr ging es schon schlecht genug. Als Julian den Wohnblock betrat, kroch er unter die Treppe. Seine Frage nach dem Urlaub war noch unbeantwortet. Sollte er zu Sina hochgehen und klingeln? Sie fragen, wie es ihr ging? Der Gedanke machte ihn nervös. Er traute sich nicht, zu ihr zu gehen. Nicht nach dem Vorfall gestern. Vielleicht konnte er ihr etwas unter die Treppe schreiben? Nur was? Minutenlang saß er auf dem kalten Steinboden und grübelte. Aber ihm fiel nichts ein.

In der Wohnung fiel sein Blick auf die Rollschuhe, die verdreckt im Flur unter der Garderobe standen. Er hatte keine Lust, mit ihnen zu fahren, aber er spürte den Drang, sie zu säubern. So als würde er sich damit von dem Schrecken befreien können, den er gestern erlebt hatte. Leise ging er zur Wohnzimmertür und schaute hinein. Susanna saß auf der Couch und las ein Buch.

»Mama, hast du was zum Putzen für meine Rollschuhe?«, fragte er.

Susanna gab ihm einen feuchten Lappen, ein trockenes Tuch und eine Bürste.

»Du kannst den Lappen danach wegschmeißen«, sagte sie und ging zurück ins Wohnzimmer.

Julian trug alles hinaus auf den Parkplatz und klopfte zunächst den groben Dreck von den Rollschuhen ab. Dann bürstete er Schmutz und Erde ab und reinigte mit dem feuchten Lappen sorgfältig jeden Zentimeter. Als er fertig war, warf er den Lappen in eine der großen Mülltonnen und stieg die Stufen zur Wohnung hoch. Er legte seine Rollschuhe in eine saubere Mülltüte und verstaute sie in seinem Kleiderschrank. Als er die Schranktür schloss, huschte sein Blick zur anderen Hälfte des Schranks. Sebastians Hälfte. Langsam nahm er den hölzernen Türknauf in die Hand und drehte ihn. Als er die Tür öffnete, kam ihm der vertraute Geruch des Holzschranks und ihres Waschmittels entgegen. Es kam ihm vor, als würde die Kleidung nach Sebastian riechen. Traurig blickte er über dessen Sachen. Die T-Shirts, seine Pullover und Hosen. In Julian stiegen Bilder auf, in denen er Sebastian in dieser Kleidung sah. Da war die blaue Mütze, die er im letzten Winter getragen hatte. Das T-Shirt mit der Space-Pyramide, das er so gerne trug.

Die beige Cordhose, über die ein Klassenkamerad sich einst lustig gemacht hatte (Sebastian hatte davon am Abendbrottisch erzählt, sich aber nicht davon abbringen lassen, die Hose zu tragen, weil er sie so gemütlich fand).

Julian schloss den Schrank und legte sich auf sein Bett. Wieder glitten seine Gedanken zum gestrigen Tag, zum Vorfall im Wald. Plötzlich kam ihm ein Gedanke: Vielleicht konnte er seinen Eltern nicht davon erzählen, wohl aber Sebastian. Schließlich hatte er sich vorgenommen, ihm von den Erlebnissen seiner Rollschuhfahrten zu erzählen. Deshalb führte er ein Notizbuch. Was er gestern erlebt hatte, gehörte genauso dazu wie die schönen Dinge, die er entdeckt hatte.

Julian nahm das Buch aus seiner Schreibtischschublade, setzte sich hin und schrieb alles auf, was seit gestern Morgen geschehen war. Als er über die Erlebnisse im Wald schrieb, klopfte sein Herz und seine Finger waren kalt. Aber er fühlte sich besser, als er alles zu Papier gebracht hatte und das Buch zuklappte.

Am Abend, als Julian bereits im Bett lag und nochmal aufstand, um auf die Toilette zu gehen, hörte er leise Stimmen aus dem Schlafzimmer seiner Eltern. Er stoppte und lauschte an der Tür. Normalerweise tat er so etwas nicht (zumindest konnte er sich nicht erinnern, jemals an der Schlafzimmertür seiner Eltern gelauscht zu haben). Aber er wusste so wenig darüber, wie seine Eltern sich fühlten und ob sie noch Hoffnung hatten, dass Sebastian aufwachte, dass er nicht anders konnte. Er hoffte, etwas darüber zu erfahren.

Zuerst hörte er nur gedämpftes Gebrabbel. Aber als er seine Augen schloss und sich auf die Stimmen konzentrierte, konnte er sie deutlicher verstehen.

»... solange es eben dauert«, sagte sein Vater gerade.

»Diese Ungewissheit treibt mich in den Wahnsinn«, sagte Susanna und seufzte laut. »Wenn Sebastian das nicht schafft, weiß ich nicht, wie ich weiterleben soll.«

Julian fuhr zusammen als hätte ihn der Blitz getroffen. Ob und was sein Vater antwortete, bekam er nicht mehr mit. Schockiert starrte er einige Sekunden wie angewurzelt vor sich hin und schlich dann zurück in sein Zimmer. Dort kroch er ins Bett und zog sich die Decke bis zum Kinn hoch. Was hatte seine Mutter da gesagt? Er konnte es nicht glauben. Der größte Wunsch von ihnen allen war, dass Sebastian wieder aufwachte und gesund wurde. Doch wenn er das nicht tat, würde er dann auch noch seine Mutter verlieren? Ein starkes Angstgefühl stieg in ihm auf. Er war hellwach, seinen Harndrang spürte er nicht mehr. Er musste irgendwas unternehmen, damit Sebastian aufwachte. Was konnte er nur tun? Verzweifelt schaute er im dunklen Zimmer umher, als würde er etwas finden können, das Sebastian aufwachen ließe. Würde man ihn nicht aufwecken können, wenn man nur kräftig genug an ihm rüttelte? Oder konnte man ihm etwas unter die Nase halten, was schlecht roch? Julian meinte sich zu erinnern, so etwas schon mal im Fernsehen gesehen zu haben. Mit einem schlechten Geruch hatte man jemanden aufgeweckt, der ohnmächtig geworden war. Er schlug die Bettdecke zur Seite, ging zum Schlafzimmer seiner Eltern und klopfte an die Tür. Ohne eine Antwort abzuwarten, öffnete er sie. Seine Eltern hatten die Nachttischlampen noch an und sahen ihn verwundert an.

»Kann ich bei euch schlafen?«, fragte Julian.

Seine Eltern sahen sich kurz an, dann nickte Susanna.

»Magst du dir dein Bettzeug holen?«, sagte Friedbert.

Als Julian damit zurückkam und sich in die Mitte zwischen seine Eltern gekuschelt hatte, erzählte er ihnen von seinen Ideen, Sebastian wach zu kriegen.

»So funktioniert das leider nicht«, sagte sein Vater, aber er konnte Julian nicht erklären, warum es nicht funktionierte. Schließlich knipsten sie das Licht aus, wünschten ihm eine gute Nacht und sagten, er solle nicht so viel darüber nachdenken.

Mitten in der Nacht wachte Julian auf, weil etwas Nasses um sich fühlte. Hatte er etwa ins Bett gemacht? Das war ihm zuletzt als kleines Kind passiert. Er versuchte, unbemerkt aufzustehen, aber noch bevor er aus dem Bett gekrochen war, wachte seine Mutter auf und fragte, was los sei.

Zum Glück wurde sie nicht sauer. Schlaftrunken schickte sie ihn ins Bad, während sie das Bett neu bezog. Julian duschte sich kurz ab und ging zurück in sein eigenes Zimmer. Nachdem er sich einen frischen Schlafanzug angezogen hatte, fiel er bald in einen unruhigen Schlaf.

Am nächsten Morgen fühlten sie sich alle miserabel. Übermüdet aßen sie ihr Frühstück, ohne dass jemand ein Wort sagte. Julian war alles unendlich peinlich, also sagte er nichts und hielt seinen Blick auf seinen Teller gerichtet.

Dann klingelte das Telefon im Wohnzimmer. Susanna stand auf und ging rüber. Plötzlich hörten Julian und Friedbert einen kurzen, hellen Schrei.

Sie rannten ins Wohnzimmer. Susanna starrte sie mit leuchtenden Augen an. Sie schien keineswegs traurig und erschreckt, im Gegenteil.

»Ein Anruf aus dem Krankenhaus«, stolperte sie ihre Worte heraus. »Sie sagen, er habe sich bewegt! Vielleicht wacht er aus dem Koma auf!« Erneut schrie sie, im wahrsten Sinne des Wortes, vor Erleichterung und vor Freude.

»Kommt, wir müssen sofort hinfahren!«, rief sie und stürmte in den Flur, um sich anzuziehen.

»Warte mal«, sagte Friedbert. »Mit wem hast du denn gesprochen?«

»Mit dem Chefarzt, Herrn Dr. Kobiella!« Susanna band sich die Schuhe zu, zog sie dann wieder aus und rannte ins Bad. »Ich muss vorher nochmal auf die Toilette. Oh Gott, bin ich aufgeregt!«

»Und er hat gesagt, dass Sebastian vielleicht aufwacht?«, rief Friedbert hinterher.

»Er sagte, er habe sich bewegt. Das sei ein gutes Zeichen.«

Susanna schloss die Tür zum Bad.

Julian und sein Vater blickten sich fragend an. Julian konnte die Erleichterung und Erwartung in Friedberts Augen sehen. Einen Funken, der in den letzten Monaten nicht da gewesen war. Auch sein Herz klopfte wie wild und seine Hände kribbelten vor Aufregung.

»Meinst du, er kann nachher mitkommen?«, fragte er.

Friedbert seufzte. »Schön wäre es. Aber Sebastian ist nach wie vor im Koma. So wie ich deine Mutter verstehe, hat er sich lediglich bewegt.«

»Aber dann muss er ja wach sein, wenn er sich bewegt!«, rief Julian.

»Wir bewegen uns auch im Schlaf, sind aber trotzdem nicht wach«, entgegnete sein Vater.

Als Julian enttäuscht die Schultern hängen ließ, fügte Friedbert hinzu: »Vielleicht ist es ein Zeichen, dass er zu sich kommt. Dass dieser unsägliche Zustand bald ein Ende hat. Und vielleicht ist es gut, wenn er heute unsere Stimmen hört und unsere Nähe spürt.«

Eilig machten sie sich auf den Weg ins Krankenhaus. Auf der Fahrt sagte kaum jemand ein Wort. Jeder war in seinen eigenen Gedanken und Hoffnungen verhaftet. Julian spürte die Anspannung seiner Eltern. Als sie ankamen, gingen sie schnellen Schrittes zum Empfang, um sich anzumelden. Einige Minuten später traten sie leise in Sebastians Zimmer ein.

Sebastian sah aus wie immer. Er lag auf dem Rücken in seinem Bett, ein paar Schläuche und Elektroden waren an ihm befestigt und die Monitore über seinem Bett piepten leise.

Julian fühlte Enttäuschung in sich aufsteigen. Obwohl er es besser hätte wissen sollen, hatte er eine Veränderung in Sebastian erwartet, eine Art Lebendigkeit. Auf der Fahrt hatte er sich gar erhofft, dass sein Bruder die Augen aufmachen würde, wenn sie an sein Bett herantraten. Wie um diese Hoffnung nicht aufzugeben, nahm er als Erster Sebastians Hand und streichelte sie. »Hallo«, brachte er nur heraus – und wartete. Nichts geschah.

Er beobachtete Sebastian, wie er regungslos dalag, gefangen im Koma. Plötzlich erinnerte er sich an etwas. Doch bevor er begreifen konnte, was es war, fing seine Mutter an zu reden und Sebastian über den Kopf zu streicheln. Julian hielt weiterhin Sebastians Hand und hörte Susanna zu.

»Du hast mich heute Morgen so glücklich gemacht«, sagte sie mit brüchiger Stimme und wischte sich ein paar Tränen aus den Augenwinkeln. »Ich habe die Hoffnung nie aufgegeben. Das werde ich auch nicht.«

Friedbert war indessen an die gegenüberliegende Seite des Betts herangetreten und hielt Sebastians andere Hand.

In diesem Moment waren sie wieder eine Familie. Auch wenn Sebastian schlief, fühlte Julian doch die Stärke ihrer Gemeinschaft, und das gab ihm Hoffnung.

»Ich glaube ganz fest daran, dass du wieder aufwachst. Ich weiß es«, sagte Susanna.

»Ich habe zu Hause ein Geschenk für dich!«, platzte es aus Julian heraus, obwohl er gar nicht vorgehabt hatte, ihm etwas zu schenken. Doch in diesem Moment wollte er ihm sein Hummelglas schenken, sobald er wieder bei ihnen war.

Seine Mutter lächelte. »Wir freuen uns alle unbeschreiblich darauf, dich wieder bei uns zu haben. Zu Hause.«

Friedbert erklärte Sebastian, warum ihr heutiger Besuch unter einem anderen Stern stand als sonst.

»Heute Morgen rief uns der Chefarzt an und sagte, du hättest dich im Schlaf bewegt. Im Koma. Das ist ein gutes Zeichen. Es könnte bedeuten, dass du wieder zu dir kommst.«

Sie lächelten Sebastian zu. Julian konzentrierte sich auf Sebastians Hand, die er nach wie vor hielt. Er wünschte sich, dass sie sich bewegte oder er einen Gegendruck spürte, und wenn er noch so schwach war.

»Wir sind bei dir, jede Minute des Tages«, sagte Susanna und küsste Sebastian auf die Stirn.

Friedbert streichelte ihm über den Kopf, dann blieben sie eine ganze Weile so stehen, ohne dass jemand etwas sagte. In diesem Moment zählte nur, dass sie zusammen waren. Alles andere war unwichtig. Für diesen Moment verlor Sebastians Erkrankung seinen Schrecken. Da waren keine Angst und keine Sorge. Kein Koma und kein Krankenhaus. Nur sie, ihre Familie, Hand in Hand.

FÜNF

Für einige Tage verlor der Vorfall im Wald seinen Schrecken. Obwohl Julian seinen Eltern nach wie vor nichts davon erzählt hatte, tat es ihm gut, die Geschehnisse in seinem Notizbuch aufgeschrieben zu haben. Es konnte dort warten, bis er es mit Sebastian teilen würde. Und bis dahin blieb es sein Geheimnis. Zudem verblasste alles andere unter den positiven Gefühlen, die ihr Besuch bei Sebastian in Julian ausgelöst hatte. Hoffnung, Geborgenheit, Zusammenhalt. Alles war da. Er fühlte sich, als würde er nichts anderes mehr brauchen.

Aber schleichend kam der Schrecken zurück. Vor allem, wenn er an Sina dachte. Julian zog sich zurück, war viel in seinem Zimmer und unternahm kaum etwas mit Freunden aus der Schule. Seine Rollschuhe blieben im Schrank. Auch seine Eltern schienen zurückgezogener zu sein als in den Tagen nach dem Besuch bei Sebastian.

Nur zwei Dingen kam Julian täglich nach: er fragte seine Eltern, ob Sebastian sich bewegt habe. Und er ging mit einem Stift unter die Treppe, um Sina etwas zu schreiben.

Jedes Mal war die Antwort nein. Und jedes Mal verließ er das Dunkel unter der Treppe so, wie er es vorgefunden hatte.

Eines Samstagvormittags Ende August klingelte es an ihrer Wohnungstür. Susanna war nach einem stillen Frühstück einkaufen gefahren, Friedbert las im Wohnzimmer Zeitung, Julian lag auf seinem Bett und betrachtete das Hummelglas.

Seit Sebastians Erkrankung hatte Friedbert das meiste im Haushalt erledigt. Er war es, der einkaufte und putzte. Dass seine Mutter heute in den Supermarkt gefahren war, war eine Seltenheit, aber eine beruhigende. Julian hoffte, dass es ein Zeichen dafür war, dass es ihr besser ging.

Während er auf dem Bett lag, erinnerte er sich, wie er als Dreijähriger seine Mutter das erste Mal auf einem ihrer Einkäufe begleitet hatte (zumindest war es der erste Einkauf, an den er sich erinnern konnte). Mittlerweile ernährte sich Susanna fast nur vegetarisch, aber damals hatte sie Fleisch – vor allem Wurst – geliebt. Sie kaufte ständig Wurst, Julian hörte zu Hause immer nur: »Ich muss noch Wurst kaufen«, »Ich bring noch Wurst mit«, »Ich geh noch Einkaufen, die Wurst ist alle!«

Ihn zermürbend ließen die Sprüche lange Zeit jenen Satz aus, der ihm endlich erlaubte, sie bei einem ihrer Wursteinkäufe zu begleiten: »Heute darfst du die Wurst aussuchen!«

Julian betrachtete die Wursttheke durch das Gitter des Einkaufswagens, in dem er hockte und sich durch den Laden schieben ließ. Der Verkäufer schien bereits von ihm gehört zu haben, denn er sagte etwas wie: »Das ist also der kleine Julian?«

Während Julian gebannt auf die blutigen Enden eines Haufens Hähnchenkeulen starrte, erschien über ihm plötzlich ein dicker Arm mit einer talgigen Hand, zwischen deren Fingern sich eine fettige Wurstscheibe rollte. Nach kurzem Zögern nahm Julian die Wurst und freute sich über das Geschenk (und weil der dicke Arm wieder hinter der Theke verschwand). Die Freude weilte nur kurz, denn die Wurst glitt ihm aus der Hand, fand einen Weg durch das Gitter des Wagens und klatschte auf den dreckigen Boden. Frustriert begann Julian zu weinen. Zum Glück rief sie der Verkäufer zurück und reichte Julian eine neue Wurstscheibe über die Theke. Er nahm sie umsichtig entgegen und knabberte sie an. Dabei lernte er die Vorzüge einer gerollten Wurst schätzen: sie war angenehm zu halten, vorzüglich in den Mund zu führen und schmeckte zweifelsfrei besser als eine nicht gerollte Scheibe. In diesem Durcheinander an Gefühlen hatte erneut seine Mutter die Wurst für den Abend ausgesucht ...

Das Klingeln an der Wohnungstür riss ihn aus seinen Gedanken. Er legte das Hummelglas auf den Nachttisch und lauschte. Sein Vater öffnete die Tür. Dann nahm er eine Frauenstimme wahr. Er verstand nicht, was die Frau sagte. Sein Vater antwortete. Er verneinte mehrmals etwas, dann: »... aber ich kann mal Julian fragen. Ich melde mich wieder bei Ihnen. Auf Wiedersehen!« Die Tür fiel ins Schloss. Einen Moment später klopfte Friedbert an seine Tür und trat ein.

»Hallo Julian«, begann er, »gerade war Frau Kalateh da, von unten.« Dabei zeigte er auf den Fußboden, weil Sinas Wohnung unter ihnen lag, und fügte hinzu: »Kennst du ihre Tochter Sina?«.

Julian nickte erstaunt.

»Sie sagte, Sina verhalte sich in den letzten Wochen sehr merkwürdig und sei vollkommen zurückgezogen. Sie fragt, ob irgendwas vorgefallen sei. Weißt du was darüber? Hattest du Kontakt zu ihr?«

Völlig perplex richtete Julian sich auf, ohne zu wissen, was er antworten sollte. Tausend Gedanken rasten durch seinen Kopf. Da war der Moment! Jetzt konnte er seinen Eltern davon erzählen! Aber wie? Was sollte er sagen? Was würde sein Vater dann tun? Würde er es Susanna sagen? Würde das ihre Stimmung nicht nur verschlimmern?

»Nein«, sagte Julian und zuckte mit den Schultern.

»Hm«, sagte sein Vater. Aber Julians Antwort schien ihm zu genügen, zumindest vorerst, denn er verließ ohne ein weiteres Wort das Zimmer und zog die Tür hinter sich zu.

Angespannt dachte Julian nach. Offenbar hatte Sina mit ihren Eltern noch nicht über die Sache im Wald gesprochen. Genauso wenig wie er. Sie fühlte sich allein. Deswegen verhielt sie sich komisch. Erneut spürte Julian den Drang, ihr etwas zu schreiben, ihr Trost zu spenden. Andererseits wusste Sina ja gar nicht, dass er sie im Wald gesehen hatte. Oder hatte sie seinen Schrei erkannt?

Fieberhaft überlegte er, was er ihr schreiben konnte, und schloss dabei seine Augen. Aber ihm fiel immer noch nichts ein. Stattdessen wurde ihm schmerzlich bewusst, dass sowohl Sebastian als auch Sina von einem Tag auf den anderen nicht mehr wirklich da gewesen waren, und das machte ihn traurig. So traurig, dass ihm plötzlich Tränen in die Augen schossen. Verlegen drehte er sein Gesicht ins Kissen und trocknete die Tränen im Stoff. Als er sich beruhigt hatte, holte er seine Legokiste aus einer Ecke des Zimmers und setzte sich auf den Boden, um zu bauen. Zunächst suchte er sich ein paar ältere Piraten-Sets heraus, die noch halbwegs intakt waren. Er reparierte sie und ließ die Gouverneure Proviant für eine Ausfahrt auf Hoher See einsammeln, auf der sie mit Piraten zusammenstießen. Danach spielte er mit der Polizeistation und einigen Autos und Gebäuden aus den Städte-Sets, die früher einmal Sebastian gehört hatten. Besonderes Augenmerk legte er auf das Zusammenspiel zwischen dem Hauptkommissar und dem Verbrecher, den er fangen wollte. Als der Hauptkommissar nach einem langen Arbeitstag auf der Wache nach Hause ging, lauerte ihm der Verbrecher auf und entführte ihn. Die

Kriminalbeamten benötigten mehrere Tage, um dem Täter auf die Spur zu kommen und den Kommissar zu befreien. Sie nahmen den Täter fest und sperrten ihn in das hauseigene Gefängnis der Polizeiwache. Das Auto des Täters, in dessen Kofferraum er den Kommissar entführt hatte, wurde zur Verschrottung freigegeben. Als Julian gerade damit anfangen wollte, das Auto in seine Einzelteile zu zerlegen, kam ihm eine Idee. Schnurstracks holte er eine grüne Basisplatte aus der Kiste, baute ein paar Bäume an ihren Rand und suchte zwei weitere Legomännchen aus der Kiste. Den Verbrecher befreite er aus dem Gefängnis. Dann spielte er den Vorfall im Wald nach. Mit jedem Detail, an das er sich erinnern konnte. Als er die Legofigur, die ihn darstellte, rücklings an einen Baum lehnte, während Sinas Schreie aus dem Auto tönten, klopfte sein Herz bis zum Hals. Aber nach dem er alles durchgespielt hatte, fühlte er sich überraschend beruhigt. Den Angriff von außen zu beobachten, losgelöst von der Wirklichkeit nachzuspielen und die Kontrolle über die Figuren zu haben, gab ihm Sicherheit.

Schließlich räumte er die Steine zurück in die Kiste und legte sich wieder aufs Bett. Er wusste nicht recht, was er mit dem Tag anfangen sollte. Früher spielte er am Wochenende etwas mit Sebastian. Brettspiele oder Lego. Manchmal machten sie jeder etwas für sich, genossen aber die Anwesenheit des anderen, bis sie schließlich zum Mittagessen gerufen wurden. Am Nachmittag würden sie dann als Familie etwas unternehmen. Raus in einen Park fahren, in den Zoo, oder ins Kino. Das alles gab es jetzt nicht mehr. Abgesehen von den Mahlzeiten hatte sich alles verändert. Und selbst diese waren anders als sonst. Stiller. Manchmal aßen sie, ohne dass jemand auch nur ein Wort sagte. Die einzigen Geräusche kamen von ihrem Kauen und Trinken und dem Klackern des Bestecks auf den Tellern.

Trübsinnig starrte Julian gegen die Decke. Seine Gedanken hingen über ihm wie eine dunkle Wolke. Sebastian war nicht da. Seine Eltern waren ein Schatten ihrer selbst. Und er wusste nicht, ob er je wieder etwas von Sina zu hören bekam.

Plötzlich raffte er sich auf. Er hatte andere Freunde! Markus zum Beispiel. Wieso sollte er nicht fragen, ob er heute Zeit hatte? Schnurstracks ging Julian rüber ins Wohnzimmer, griff zum Telefon und rief Markus an. Es dauert nicht lange, bis er ihn am Hörer hatte (seine Mutter musste nur drei Mal laut nach ihm rufen).

Julian fragte ihn, ob sie sich heute treffen wollten.

»Klar«, freute sich Markus über seinen Vorschlag. »Ich muss nur kurz meine Eltern fragen, ab wann es geht.« Er legte den Hörer beiseite und lief zu seinen Eltern. Julian hörte ihre Stimmen dumpf im Hintergrund und wartete, bis Markus wieder zurück war. »Nach dem Mittagessen hätte ich Zeit. Willst du zu mir kommen?«

Am frühen Nachmittag fuhr Friedbert ihn zu Markus. Markus konnte es kaum erwarten, ihm seine neuen Legokreationen zu zeigen, die er gebaut hatte. Im Prinzip hatte er den abenteuerlichen Tunnel aus Indiana Jones nachgebaut, mit unzähligen Fallen, Schwertern und dem berühmtberüchtigten rollenden Felsen. Nachdem sie eine Weile damit gespielt und mehrere Legomännchen zermalmt hatten, schlug Markus vor, mit seiner Nintendo-Konsole zu spielen. Julian folgte Markus in den Keller, in dem die Konsole an einen Fernseher angeschlossen war. Markus setzte sich hin, startete die Konsole und änderte im Menü des Spiels die Einstellungen für ihre Partie. Währenddessen saß Julian auf einem Gymnastikball neben ihm und betrachtete die Bilder an den holzgetäfelten Wänden. Familienfotos.

»Hier, bereit?« Markus hielt Julian den zweiten Joystick hin.

Sie begannen mit ein paar Runden Mario Kart. Markus gewann die ersten Rennen, aber Julian holte bald auf und fügte ihm ein paar schmerzhafte Niederlagen zu. Das Spielen auf der Konsole munterte Julian auf. In Feuereifer kommentierten die beiden Freunde ihre Spielkünste und ärgerten sich lauthals über missglückte Aktionen und verlorene Rennen, während der Nachmittag schneller vorüberzog als die Landschaft hinter ihren Karts. Sie beendeten gerade das erste Level eines Jump-and-Run-Spiels, als Julians Vater an der Haustür klingelte.

»Kannst du aufmachen?«, rief Markus hoch und schaltete die Konsole aus. Sie hörten, wie Markus' Mutter zur Tür ging und Julians Vater begrüßte.

Plötzlich fragte Markus: »Möchtest du die Konsole mitnehmen?«

»Mitnehmen?«, fragte Julian.

»Ja, ich leih sie dir aus.« Er begann, die Kabel auszustöpseln, wickelte sie um das Gerät und legte die Joysticks oben drauf.

»Willst du sie denn nicht selber haben?«, fragte Julian unsicher.

»Du kannst sie mir ja nächste Woche wiederbringen«, sagte Markus. »Ist wirklich kein Problem. Ich spiele eh nur noch selten.«

Dankbar nahm Julian die Konsole entgegen und trug sie die Treppe hinauf. Kaum waren sie im Flur, sagte Friedbert: »Was ist das denn?«

»Mein Nintendo«, sagte Markus.

»Markus leiht ihn mir für eine Woche aus. Ist das ok?«

Friedbert warf einen fragenden Blick zu Markus' Mutter, die nur lächelnd mit den Schultern zuckte.

»Von mir aus«, sagte er.

Sie verabschiedeten sich. Im Auto sagte Friedbert: »Die Konsole kannst du aber nicht im Wohnzimmer anschließen. Deine Mutter braucht Ruhe. Ich schaue mal, ob ich dir unseren alten Fernseher aus dem Keller holen kann. Dann bauen wir dir das Ganze in deinem Zimmer auf.«

Noch am Abend schlossen sie die Konsole mit ihrem alten Fernseher in Julians Zimmer an. Nebeneinander auf Sebastians Bettkante sitzend, spielten sie eine Runde Mario Kart gegeneinander. Dann stand Friedbert auf und sagte: »Na, klappt doch. Aber für heute ist es genug. Jetzt spielst du bitte nicht mehr.«

Das sah Julian ein. Zufrieden betrachtete er das neue Spielgerät und spürte ein wohliges Gefühl in sich. Er wusste, dass das nicht von der Konsole herrührte. Sondern daher, dass er mit seinem Vater zusammen etwas gespielt hatte.

Als die neue Schulwoche startete, konnte Julian es kaum erwarten, nach Hause zu kommen und an der Konsole zu spielen. Nach dem Mittagessen verzog er sich stets in sein Zimmer und tauchte in die Spielwelten ein. Er war aufgeregt, empfand aber auch eine gewisse Gemütlichkeit. In sämtlichen Spielen, die Markus ihm mitgegeben hatte, wurde er schnell besser. Seine Mutter hielt ihn nicht davon ab, stundenlang zu spielen. Wenn sie überhaupt wusste, was er tat. So verbrachte Julian die ganze Woche. Schule, Essen, Konsole spielen. Seine Hausaufgaben erledigte er zwischendurch, während das Spiel, das er gerade spielte, auf Pause stand.

Am Freitag hatte er sich erneut mit Markus verabredet. Nach dem Unterricht gingen sie zusammen zu ihm nach Hause. Die Konsole war immer noch bei Julian – er hatte Markus darum gebeten, sie noch eine weitere Woche ausleihen zu dürfen.

Markus' Mutter hatte für sie Spaghetti Bolognese gekocht. Sie waren nicht allein. Tanja und Johanna hatten ebenfalls Schulschluss, und das bevorstehende Wochenende beflügelte die Stimmung am Tisch, während sie sich das Essen schmecken ließen. Aufgeregt redeten sie durcheinander über Schule, Lehrer, Freunde und Hobbies.

»Apropos«, sagte Tanja, als sie sich über den Sportunterricht unterhielten. »Wir haben einen neuen Basketballkorb! Hast du ihn gesehen? Steht am Rand der Auffahrt.«

Julian schüttelte den Kopf.

»Lasst uns doch gleich eine Runde spielen!«, sagte sie, und warf ihnen kämpferische Blicke zu.

Das ließen sie sich nicht zweimal sagen. Julian hatte das Glück, mit Tanja zusammenzuspielen. Ihre Pässe verwandelte er fast so sicher wie den Handcheck danach, während Tanja es aus der Distanz versuchte und immer dann traf, wenn es am aussichtslosesten schien. Während die Kleinste, Johanna, wild zwischen ihnen herumwuselte und jeder Deckung entwich, übte sich Markus erfolgreich im Korblegen. Das Spiel war knapp. Und es blieb nicht bei einem. Tanja hatte riesigen Spaß und steckte alle mit ihrer Freude an. Sie schien losgelöst von allem und ihre Ausgelassenheit übertrug sich auf die anderen wie ein Lauffeuer. Schwitzend und lachend warfen sie einen Korb nach dem anderen und spielten den ganzen Nachmittag mit wenigen Pausen durch. In einer dieser Pausen sagte Markus: »Übrigens, Tanja hat einen neuen Freund. Wahrscheinlich ist sie deswegen so motiviert.« In Richtung seiner älteren Schwester fügte er hinzu: »Hey, wir können ihn doch fragen, ob er mitspielen will! Du meintest doch, er wohnt hier in der Nähe. Wie hieß er nochmal?«

Tanja warf ihrem Bruder einen verächtlichen Blick zu. »Er heißt Simon. Wäre schön, wenn dein Gedächtnis auch hier in der Nähe wohnte.« Sie stand auf. »Ich geh mal rein und ruf ihn an.«

Als Simon wenig später dazustieß, kam eine ganz neue Dynamik ins Spiel, die die letzten Reserven aus ihnen herauskitzelte und sie spielerisch und verbal zu Höchstform auflaufen ließ.

Pünktlich um 19 Uhr fuhr Rudolf vor. Er steuerte sein Auto nichts ahnend auf die Auffahrt und trat im letzten Moment erschrocken auf die Bremse. Mit wütendem Blick ließ er sein Fenster herunter und rief die Kinder als Dummköpfe aus, bevor er genervt ins Haus trottete und die Tür laut ins Schloss fallen ließ.

»Hat wohl vergessen, seine Pillen zu nehmen«, sagte Tanja, warf ihrem Freund den Ball zu und rief: »Letztes Spiel entscheidet!«

Nachdem Friedbert ihn abgeholt und nach Hause gefahren hatte, badete Julian und aß einen großen Teller gebratener Nudeln mit Ei und Zucchini, den Friedbert ihm schnell zubereitet hatte. Dann fiel er hundemüde ins Bett. Der Nachmittag bei Markus war so lebendig gewesen, dass er sich vollkommen glücklich fühlte und lange in den Samstagmorgen hineinschlief.

Nach dem Frühstück ging Julian in sein Zimmer und schaltete die Konsole ein. Friedbert war einkaufen gefahren, Susanna saß im Wohnzimmer und las ein Buch. Voller

Vorfreude startete Julian ein Mario Kart Turnier. Gleich im ersten Rennen fuhr er gekonnt aufs Treppchen. Als er das nächste Rennen beginnen wollte, merkte er, wie angespannt seine Schultern und Hände waren. Kurz stand er auf, schüttelte sich aus und setzte sich wieder hin. Das Rennen lief desaströs, aber im dritten fuhr er erneut aufs Treppchen. In der Ladepause zum vierten und letzten Rennen des Turniers warf er einen Blick aus dem Fenster und blieb kurz an den weißen Wolken hängen, die langsam am blauen Himmel dahinzogen.

Die Geräusche des Spiels rissen seine Aufmerksamkeit jäh zurück zum Fernseher. Das letzte Rennen startete. Früh übernahm Julian die Führung, wich den meisten Angriffen aus und brachte sein Kart besonnen als Erster ins Ziel und auf Platz vier der Gesamtwertung.

Statt ein weiteres Rennen zu starten, schaltete Julian die Konsole aus und ging zum Fenster. Draußen war es sonnig und offensichtlich etwas windig, denn die Bäume wiegten sich unruhig hin und her. Julian bekam Lust, nach draußen zu gehen und ihm fielen die Rollschuhe ein.

Kurzentschlossen kramte er sie aus seinem Schrank. Wie immer zog er sie draußen vor der Haustür an und holte Schwung. Als er über den Parkplatz rollte und die frische Luft einatmete, fühlte er sich frei und stark. Das hatte er vermisst. Wie um seine Gefühle zu unterstreichen, gab ihm ein Windstoß von hinten kräftig Schwung. Am Ende des Parkplatzes warf er einen Blick zurück auf ihre Wohnung. Genauer gesagt, auf ein Fenster der Wohnung darunter. Er wusste nicht, welches der Fenster zu Sinas Zimmer gehörte, aber er vermutete, dass es jenes unter seinem war. Und tatsächlich: dort stand jemand und schaute hinaus. Er konnte nicht erkennen, ob es sich um Sina handelte. Im selben Moment wich die Person zurück und verschwand im Zimmer.

»Sina?«, flüsterte er. Eine Weile starrte er zum Fenster und versuchte, hinter der Reflektion der Scheibe etwas zu erkennen, aber nichts tat sich mehr.

Julian machte sich auf den Weg um den Block. Zuerst fühlte es sich etwas ungewohnt an, wieder auf Rollschuhen unterwegs zu sein. Aber es dauerte nicht lange, bis sich die Rollschuhe wie ein Teil seines Körpers anfühlten. Als er gerade um eine Straßenecke bog, nahm er aus den Augenwinkeln hektische Bewegungen an der gegenüberliegenden Straßenseite wahr. Dort flitzten zwei Eichhörnchen umher, jagten sich gegenseitig über den Gehweg, dann um einen Baumstamm bis hoch in die Krone. Wie um die flitzenden Eichhörnchen nachzuahmen, holte er kräftig Schwung und sauste bis zum Ende der Straße, tat so, als würde er jemanden verfolgen. Er konnte ein Polizist sein, der einen Verbrecher verfolgte. Oder ein Gepard, der ein Tier jagte. Auf diese Weise brachte er in Windeseile einige Straßenzüge hinter sich. Dann war ihm so warm, dass er seine Jacke öffnete. Als er prüfte, ob er aus seinen Taschen etwas verlieren konnte, ertastete er ein zerknülltes Taschentuch und ein Geldstück. Das brachte ihn auf die Idee, zur nächsten Eisdiele zu rollen und sich ein Eis zu kaufen.

Der Weg zum *Pinguin* war nicht weit, aber die Schlange lang. Als Julian schließlich an der Reihe war, kaufte er sich eine Kugel Haselnuss, rollte weiter und schleckte sein Eis während der Fahrt. Nachdem er es aufgegessen hatte, bekam er Durst. Aber er wollte noch nicht zurück nach Hause, das Rollschuhfahren machte ihm einfach zu viel Spaß. Ihm fiel auf, wie farbenfroh die Natur heute war. Von der Sonne beschienen leuchteten die Pflanzen und Bäume goldgrün vor dem blauen Himmel. Blumen strahlten in allen Farben. Einige von ihnen konnte er riechen, wenn er nur vorbeirollte.

An einer Straßenecke schlich eine Katze über ein Grünstück und hielt inne, als sie ihn sah. Langsam rollte Julian zu ihr hin und streckte seine Hand nach ihr aus, zum Zeichen, dass er sie streicheln wollte. Tatsächlich kam die Katze näher, schnupperte kurz an seiner Hand und bewegte sich dann um seine Beine, während er ihr über den Rücken streichelte. Julian setzte sich ins Gras und strich der Katze durch ihr weiches Fell. Schnurrend genoss sie seine Streicheleinheiten, bevor sie von ihm abließ und hinter einer Hecke verschwand. Julian blieb eine Weile sitzen und hing seinen Gedanken nach. Als er schließlich aufstehen und sich auf den Rückweg machen wollte, hatte er einige Grashalme in seinen Händen – er musste sie unbemerkt herausgezupft haben. Er wischte seine Hände aneinander und sah den Halmen zu, wie sie zu Boden fielen ...

Plötzlich hielt er inne. War das nicht ...?

Mit seiner Eingebung im Kopf rollte er, so schnell er konnte, nach Hause.

Julian schnappte sich einen Filzstift und schlüpfte in seine Straßenschuhe. Leise schloss er die Wohnungstür hinter sich und huschte hinunter ins Erdgeschoss. Unter der Treppe war es staubig. So nah wie möglich setzte Julian sich vor die Unterseiten der Stufen und malte einige Grashalme auf den grauen Stein. Darunter schrieb er:

Du bist wie einer dieser Grashalme. Er lebt glücklich zwischen all den anderen, aber manchmal kommt ein Mensch und rupft ihn heraus.

Für einige Sekunden starrte er im Schneidersitz vor sich hin. Er war erleichtert, Sina endlich geschrieben zu haben. Wenn sie soweit war, würde sie ihm antworten. Dessen war er sich sicher. Jetzt musste er ihr nur noch einen Hinweis geben. Denn was nützten seine Worte, wenn Sina gar nicht wusste, dass er den Treppendialog wieder aufgenommen hatte?

Julian warf einen Blick auf die Sätze, die er und Sina seit dem Frühjahr hinterlassen hatten. Was für einen Hinweis konnte er Sina geben? Je mehr er darüber nachdachte, desto unsicherer wurde er. Musste er bei ihr klingeln? Nervös spielte er mit der Kappe des Stifts, bis sie mit einem leisen

Klicken einrastete. Julian sah sich den Stift an. Manchmal konnte die Antwort so einfach sein.

Zufrieden kroch er unter der Treppe hervor und klopfte sich den Staub von der Hose. Als er die Treppe hochlief, fühlte er sich leicht wie eine Feder. Leise schloss er die Wohnungstür auf und ging ins Wohnzimmer. Julian wusste genau, in welcher Schublade er zu suchen hatte. Hier hoben seine Eltern Briefumschläge, Briefmarken, Postkarten, Stifte, Tintenpatronen und andere Schreibwaren auf. Außerdem fanden sich hier immer einige Packungen Batterien.

Julian griff sich einen Briefumschlag und huschte in sein Zimmer. Mit dem Filzstift schrieb er *Sina* auf die Vorderseite, dann steckte er den Stift in den Umschlag und klebte ihn zu.

Auf leisen Sohlen schlich Julian einen Stock tiefer und schob den Brief vorsichtig durch den Briefschlitz der Tür. Geräuschvoll fiel der Brief auf den Fußboden in Sinas Wohnung. Julian zuckte zurück. Scheppernd fiel die Klappe des Briefschlitzes zu. Auch das noch. Ohne eine weitere Sekunde zu verlieren, rannte Julian zurück nach oben, bevor Sina oder ihre Eltern ihn erwischen konnten.

Am nächsten Tag, es war Sonntag, schlich Julian nach dem Frühstück leise aus der Wohnung, um unter der Treppe nach einer Antwort von Sina zu schauen. Eigentlich war es nicht nötig, dass er die Wohnung heimlich verließ. Schließlich konnte er hinausgehen, wann er wollte. Doch es regnete, weshalb es ungewöhnlich war, nach draußen zu gehen. Zudem wussten seine Eltern ja nicht, dass er unter der Treppe im Erdgeschoss einen heimlichen Dialog mit seiner Nachbarin führte. Das war sein Geheimnis, und so sollte es auch bleiben.

Mit einem neuen Filzstift in der Hand kroch Julian gespannt unter die Treppe.

Sina hatte nicht geantwortet. Vielleicht hatte sie seine Nachricht noch gar nicht gelesen. Ob sie seinen Hinweis nicht verstanden hatte? Oder wollte sie von einem neuen Dialog unter der Treppe nichts wissen? Brauchte sie Zeit, um sich eine Antwort zu überlegen?

Enttäuscht schleppte Julian sich die Treppe hoch. Als er gerade die Tür aufschließen wollte, hörte er einen Stock tiefer ein Geräusch. Unauffällig tapste er zum Geländer und warf einen Blick hinunter. Sina stand im Flur und zog gerade die Tür hinter sich zu. Sofort machte Julian einen Schritt zurück, presste sich gegen die Wand hinter ihm und lauschte. Sein Herz schlug bis zum Hals. Er versuchte sich auf die Geräusche im Treppenhaus zu konzentrieren.

Sina lief jetzt schnellen Schrittes die Treppe hinunter. Vorsichtig machte Julian ein paar Schritte vor und lugte durchs Geländer nach unten. Er konnte Sina hören, aber sah sie nicht. Plötzlich wurde es still. Julian wartete darauf, die schwere Haustür im Erdgeschoss zu hören, aber es blieb still. Angespannt horchte er weiter. Aber außer seinem Herzschlag und dem Rauschen seines Bluts in den Ohren hörte er nichts.

Dann waren die Schritte wieder da. Leise und schnell. Sina lief die Treppe hoch. Hastig zog Julian sich in den Schutz der Wand zurück, damit Sina ihn nicht sehen konnte.

Ein metallenes Rasseln erklang. Zwei Sekunden nichts. Dann ein dumpfer Laut, als die Tür leise ins Schloss fiel. Angespannt wartete Julian ein paar Sekunden. Dann ging er mucksmäuschenstill einen Stock tiefer und schlich gebückt an Sinas Tür vorbei. Noch einen Stock tiefer. Jetzt hielt ihn nichts mehr. In Windeseile rannte er, zwei Stufen auf einmal nehmend, bis nach unten und kroch ins Dunkel unter der Treppe.

Dann ist er allein und kann keine Wurzel mehr schlagen

Aufgeregt starrte Julian auf ihren Satz. Dann schaute er sich misstrauisch um, ob er auch wirklich allein war und ihn niemand beobachtete, so als würde ihre Antwort sonst wieder verschwinden. Er rückte ein Stück näher an die Unterseite der Stufe und las ihren Satz erneut. Etwas verlegen spielte er mit der Kappe des Stifts, den er in der Hand hielt. Es war ihm unangenehm, dass er sich über Sinas traurige Botschaft regelrecht freute. Aber er freute sich schließlich nicht über das, *was* sie geschrieben, sondern *weil* sie geschrieben hatte.

Julian las ihre Antwort zum dritten Mal. Erst jetzt begriff er die Bedeutung der Aussage. Sina fühlte sich allein und ohne Halt. Julian konnte das gut verstehen. Seit Sebastian krank war, fühlte er sich ebenfalls allein. Auch er wusste nicht, ob alles wieder gut werden würde. Aber die Hoffnung hatte er nie aufgegeben. Vielleicht konnte er Sina etwas von seiner Hoffnung abgeben. Ihr bewusst machen, dass sie einen Freund hatte.

Er setzte seinen Stift auf die Treppe. Nein, dem ausgerupften Halm ging es nicht gut. Er fühlte sich allein. Vielleicht konnte er keine Wurzel mehr schlagen. Wahrscheinlich war ihm kalt. Aber die Sonne konnte ihn wärmen.

Dann ist er allein und kann keine Wurzel mehr schlagen ...

Doch die Sonne wärmt ihn mit ihren Strahlen

Julian schloss die Augen und stellte sich vor, wie der Grashalm von der Sonne beschienen wurde. Er fand, dass etwas Tröstendes in diesem Bild lag. Dem Halm war nicht mehr kalt. Er war nicht mehr ganz allein. Er hatte die Sonne.

Julian drückte die Kappe auf den Stift und machte sich auf den Weg nach oben. Er war erleichtert, dass Sina den Treppendialog aufgenommen hatte und hoffte, dass Sina sich weniger allein fühlte, wenn sie sich gegenseitig schrieben.

In der Wohnung hörte er Susanna die Spülmaschine ausräumen. Er ging zu ihr.

»Kann ich noch etwas essen?«, fragte er.

»Bist du nicht satt geworden?«, sagte Susanna.

»Hab wieder Hunger bekommen.«

»Setz dich«, sagte Susanna. »Ich mach dir einen Toast.«

»Danke«, sagte er und setzte sich an den Tisch. Susanna schmierte ihm nicht nur einen Toast, sondern machte ihm auch einen heißen Kakao. Langsam fing er an zu essen, während Susanna fortfuhr, die Spülmaschine auszuräumen.

»Hast du heute schon etwas vor?«, fragte sie plötzlich.

Julian zuckte mit den Schultern. »Weiß nicht. Vielleicht Rollschuhe fahren«, antwortete er.

Unbeabsichtigt war seine Antwort unnahbar, fast abweisend. Das lag daran, dass er in Gedanken bei Sina war. Er überlegte, was sie ihm wohl antworten würde.

Susanna nickte. Julian hatte das Gefühl, dass sie ihm etwas sagen wollte, aber sie schwieg. Erst als sie mit dem Ausräumen fertig war, wandte sie sich ihm nochmal zu: »Wollen wir heute etwas zusammen machen? Vielleicht in den Tierpark gehen?«

Vor Überraschung blieb ihm der Toast fast im Halse stecken. Seit Sebastians Erkrankung hatten sie keinen Ausflug mehr zusammen unternommen.

»Okay«, sagte er, bevor sie es sich anders überlegen konnte. »Kommt Papa auch mit?«

»Ich denke schon«, sagte sie. »Ich schmiere noch schnell ein paar Brote!«

Während der Autofahrt war Julian still. Wie auf seinen Rollschuhfahrten fühlte er eine angenehme Ruhe in sich, eine Art Frieden. Die komische Stimmung, die zu Hause herrschte, spürte er jetzt nicht. Das Wetter war durchwachsen, er träumte ein bisschen vor sich hin und überlegte sich Geschenkwünsche für Weihnachten. Kaum hatte er sich ein paar Dinge überlegt, fielen ihm die Kopfhörer ein, die Sebastian ihm Anfang des Jahres bei einem Besuch in der Innenstadt gezeigt hatte. Er wollte sie sich zum Geburtstag oder zu Weihnachten wünschen, hatte er gesagt. Julian überlegte, ob er sich die Kopfhörer für seinen Bruder zu Weihnachten wünschen sollte, falls Sebastian bis dahin nicht aufwachte. Vielleicht waren sie nächstes Jahr nicht mehr zu haben und dann wäre Sebastian traurig. Wenn er sie sich zu Weihnachten wünschte, konnte er sie für Sebastian aufbewahren, sodass er damit seine Musik hören konnte, wenn er wieder bei ihnen war.

»Mama, kann ich mir für Sebastian etwas zu Weihnachten wünschen?«, fragte Julian.

Susanna drehte sich zu ihm um und fragte: »Wie meinst du das?«

Julian erzählte ihr von den Kopfhörern.

Susanna war einen Moment still. Julian bangte, dass sie seinem Wunsch einen Strich durch die Rechnung machen würde, aber dann lächelte sie und sagte: »In Ordnung. Dann musst du mir bitte genau zeigen, welche Kopfhörer das sind.«

Julian sah aus dem Fenster und malte sich aus, wie er Sebastian die Kopfhörer überreichte, wenn er wieder zu ihnen nach Hause kam. Die Freude auf seinem Gesicht, wenn er sie auspackte.

Natürlich wusste niemand, ob Sebastian an Weihnachten bei ihnen sein würde. Aber der Ausflug mit seinen Eltern fühlte sich zum ersten Mal seit langer Zeit nach einem Stück Normalität an, sodass Julian voller Hoffnung war, dass sie Weihnachten alle zusammen verbringen würden.

Die Schlange an der Kasse zum Tierpark war überschaubar. Am Kassenhäuschen gab man ihnen wie immer einen Plan des Parks, in dem alle Wege und Tiergehege eingezeichnet waren. In der Vergangenheit hatte Julians Vater sie anhand des Plans geführt. Diesmal übernahm Julian diese Aufgabe. Stolz schritt er entlang des Rundweges voran und kündigte seinen Eltern weit im Voraus die Tiere an, die sie als nächstes sehen würden. Der Rundgang führte sie zunächst zum Elefantengehege. Eine große Menschentraube tummelte sich davor und es ging immer wieder ein Raunen durch die Luft, wenn die Rüssel der Elefanten zu den Menschen herüberschwangen, um nach Futter zu greifen. Julian sah viele Väter, die ihre Kinder auf den Schultern trugen, damit sie besser sehen konnten. Als er klein war, hatte Friedbert ihn manchmal ebenfalls auf die Schultern genommen, erinnerte er sich.

Zur Freude der Besucher liefen zwischen den Beinen der Großtiere zwei Elefantenbabys umher, die hin und wieder in einer Wasserstelle planschten. Nach einer Weile wollte Julian unbedingt zu den Löwen und Tigern, deren Gehege unweit der Elefanten lagen. Kaum hatten sie die ersten Meter hinter sich gebracht, sah er einen Crêpes-Stand.

»Darf ich einen Crêpe?«, fragte er.

Friedbert kramte ein paar Münzen hervor, gab sie Julian und sagte: »Wir warten hier«.

Während Julian in der Schlange stand, beobachtete er unauffällig seine Eltern. Sie standen Hand in Hand neben dem Crêpes-Stand und unterhielten sich leise. Manchmal schauten sie einfach nur umher oder lächelten ihm zu. Alles wirkte so normal. Aber gleichzeitig war es das Unnormalste auf der Welt. In dem Augenblick wurde ihm bewusst, dass genau dies die neue Normalität werden musste, sollte Sebastian nicht mehr aufwachen. Das war ihr Leben. Zu dritt. Wenn sie glücklich sein wollten, dann in Momenten wie diesen. Traurig sah er zu Boden. Es gab Situationen, in denen er ohne Sebastian glücklich sein konnte. Zum Beispiel, wenn er auf seinen Rollschuhen unterwegs war oder sich mit Markus verabredete. Aber dann gab es Momente wie diesen, in denen er Sebastian einfach nur vermisste und sich nicht vorstellen konnte, ohne ihn glücklich zu sein.

Julian sah wieder zu seinen Eltern. Gerade schaute seine Mutter ebenfalls zu Boden und sah irgendwie traurig aus. Dachte sie das gleiche wie er?

»Was darf es sein?«, tönte eine Stimme neben ihm.

Er zuckte zusammen, dabei war es nur der Verkäufer. Julian bestellte einen Crêpe mit Puderzucker. Als er schließlich wieder zu seinen Eltern trat und darauf wartete, dass der Crêpe ein wenig abkühlte, bot er Susanna ein Stück an. »Nein, danke« sagte sie nur.

»Ist alles ok?«, fragte er.

Susanna schenkte ihm ein Lächeln. »Ja, es ist nur ...«, begann sie. »Es sind so viele Familien hier.« Sie schaute demonstrativ auf die Menschen um sie herum und lächelte gequält. »Das macht mich einfach etwas traurig«.

Julian nickte. »Vielleicht kann Sebastian ja nächstes Mal mitkommen«, sagte er.

Susanna erwiderte nichts und blieb still. Als sie weitergingen, fühlte Julian sich schlecht, weil er das Gefühl hatte, etwas Falsches gesagt zu haben. Dabei hatte er seiner Mutter nur Hoffnung schenken wollen.

Friedbert legte seine Hand auf Julians Schulter und sagte: »Das hoffen wir alle.«

Sein Kommentar beruhigte Julian. Während er seinen Crêpe aß, führte er seine Eltern zum Löwengehege. Aufgeregt drängte er sich in die erste Reihe am Zaun und sah den Löwen ziemlich lange beim Nichtstun zu. Bei aller Faszination, die er für die Löwen übrighatte, kam es ihm doch merkwürdig vor, diese großen Tiere in Gefangenschaft zu sehen. Da flog eine kleine Hummel frei durch die Natur, doch ein großer Löwe saß hier gefangen in seinem Gehege. Plötzlich kamen die Bilder aus dem Wald in ihm hoch. Julian wich vom Zaun zurück, griff die Hand seiner Mutter und gab ihr das Signal, weiterzugehen. Als sie an einem Restaurant vorbeikamen, wollte Friedbert einkehren. Julians

Stimmung war eingetrübt und er hatte kaum Appetit. Im Restaurant herrschte Selbstbedienung, alles wirkte wie auf einer Autobahnraststätte. Susanna bestellte einen Teller Pasta mit Tomatensauce für Julian und einen Caesar-Salat für sich selbst. Friedbert nahm eine Currywurst. Nachdem er an der Kasse für sie gezahlt hatte, trugen sie ihr Essen auf Tabletts zu einem Tisch. Susanna blieb noch im Kassenbereich, um für alle Besteck und Servietten mitzunehmen. Als Julian und sein Vater sich gerade hinsetzten, sah Julian etwas Merkwürdiges. Seine Mutter griff gerade nach einem Schokoriegel in einem Regal, das neben der Kasse stand. Dann ließ sie den Riegel in ihrer Jackentasche verschwinden, legte sich noch ein paar Servietten mehr aufs Tablett und kam langsam zu ihrem Tisch. Friedbert hatte nichts davon mitbekommen, weil er mit dem Rücken zur Kasse saß.

Susanna stellte ihr Tablett auf den Tisch, setzte sich hin und sagte: »So, guten Appetit!«

Eine Sekunde lang starrte Julian sie verblüfft an und wartete darauf, dass sie den Schokoriegel aus ihrer Tasche holte. Aber nichts passierte. Friedbert griff nach dem Besteck und begann zu essen. Susanna zog ihre Jacke aus, legte sie um die Lehne des Stuhls und fing ebenfalls an, zu essen.

Plötzlich war Julian unsicher. Hatte seine Mutter den Riegel doch bezahlt und hob ihn sich für später auf, weil sie keinen Crêpe gehabt hatte? Nein. Er war sich sicher, dass sie den Riegel eben nicht bezahlt hatte. Aber vielleicht

Friedbert zuvor? Unauffällig schaute er auf den Kassenbon, der auf dem Tablett seines Vaters lag. Dort waren ihre drei Essen, sowie drei Getränke aufgelistet. Kein Schokoriegel. Nachdenklich begann er, zu essen. Vielleicht gehörte der Schokoriegel zum Salat dazu. Susanna hatte einfach vergessen, ihn sich zu nehmen. Ihr musste es dann wieder eingefallen sein. Ja, das konnte sein. Nur komisch, dass sie ihn nicht auf ihr Tablett gelegt hatte. Aus welchem Grund bewahrte sie ihren Nachtisch in der Jacke auf? Vielleicht für später, dachte er. Oder sie hob den Riegel auf, um ihn ihm auf der Rückfahrt als kleines Dankeschön für den gemeinsamen Tag im Tierpark zu schenken. Über diesen angenehmen Gedanken vergaß Julian seine Fragen.

Susanna taute indes merklich auf. Während sie draußen im Park nicht viel gesagt hatte, erzählte sie nun von dem Buch, das sie gerade las, und danach überlegte sie laut, ob sie sich ein neues Sommerkleid kaufen sollte.

Julian hörte wortlos zu, während sich Friedbert mit ihr unterhielt. Derweil machte Julian eine weitere Entdeckung, aber eine innere. Je mehr seine Mutter aus sich herauskam und vordergründig glücklich und zufrieden wirkte, desto verschlossener wurde er. Er fühlte sich wie eine Schnecke, die sich in ihr Haus zurückzog.

Das Gefühl begleitete ihn für den Rest des Tages. Zwar vergaß er alle Sorgen, als sie in der Nähe des Ausgangs auf eine Handvoll schwarzer Hängebauchschweine trafen, die dort frei herumliefen (vergnügt klopfte Julian ihnen freundschaftlich auf die Flanke und gab ihnen etwas Wildfutter, das sie schnaubend in sich hineinfraßen). Aber auf dem Heimweg wurde er sehr still. Seine Eltern ebenfalls. Schweigend aßen sie ihre mitgebrachten Brote im Auto, während jeder seinen Gedanken nachhing. Julian war froh, mit seinen Eltern einen gemeinsamen Ausflug unternommen zu haben. Aber irgendetwas stimmte nicht. Seine Eltern waren ihm nicht mehr so nah wie sonst. Als würde er sie noch nicht so lange kennen.

Am Abend, als seine Eltern das Abendessen vorbereiteten, schlich er mit einem Stift aus der Wohnung unter die Treppe, um nach einer Antwort von Sina zu schauen. Tatsächlich hatte Sina bereits geantwortet.

Doch die Sonne wärmt ihn mit ihren Strahlen ...

Bis der Regen ihn davonträgt

Er stellte sich vor, wie der Grashalm von sintflutartigen Regenfällen getroffen wurde. Zunächst lag nichts Schönes in diesem Bild. Doch dann stellte er sich vor, dass die Wiese unter Wasser stand und der Halm obenauf schwamm, gestützt von den anderen Halmen. So wie Rockstars manchmal von ihren Fans getragen wurden, wenn sie sich in der Menschenmenge feiern ließen. So ausdrucksvoll wie er konnte, schrieb Julian seine Eingebung unter ihren Satz.

über die Spitzen seiner Artgenossen

Am Montag in der Schule konnte Julian an nichts anderes denken als an ihren geheimen Treppendialog. Als er am Nachmittag endlich unter der Treppe nachsehen konnte, fand er Sinas Antwort auf der nächsttieferen Stufe.

Bis der Regen in davonträgt, über die Spitzen seiner Artgenossen ...

Fort von seinem immerwährenden Platz

Julian las ihren Satz ein paar Mal und schloss seine Augen. Er stellte sich vor, wie der Halm fortgeschwemmt wurde, fort von seinem Zuhause, fort von seiner Familie, seinen Freunden, ohne dass er zurückkehren konnte.

Sinas Antwort war wieder eine traurige. Aber das Wichtigste war, dass sie geantwortet hatte. Und irgendwie trug ihr Satz auch etwas Schönes in sich. Vielleicht war es ihre poetische Wortwahl, die ihrem Satz etwas Schönes verlieh. Er konnte sich nicht erinnern, jemals das Wort *immerwährend* benutzt zu haben, und er staunte, dass Sina sich so ausdrücken konnte.

Er rückte näher an die Stufen heran und überlegte, was er antworten konnte. Einerseits wollte er Sina Hoffnung geben. Andererseits wollte er nicht den Eindruck erwecken, er würde ihren Kummer nicht ernst nehmen.

Der Halm würde nicht mehr zurückkehren, das sah Julian ein. Aber wenn er schon auf Reisen ging, konnte er wenigstens ein paar Abenteuer erleben. Sina sollte entscheiden, welche Abenteuer. Würde er neue Freunde finden?

Würde er exotische Pflanzen und wilde Tiere sehen? Würde er wieder gesund werden und eine neue Wurzel schlagen?

Julian musste sich verbiegen, um seinen Stift auf die tiefe Stufe aufsetzen zu können.

Fort von seinem immerwährenden Platz ...

Auf eine letzte Reise

In den nächsten Tagen schaute Julian jeden Tag unter der Treppe nach einer Antwort von Sina. Aber unter seinem letzten Satz war nur kalter, leerer Stein. Als die Schulwoche endete, hatte er die Hoffnung schon fast aufgegeben. Am Samstagabend, nachdem er erneut enttäuscht unter der Treppe hervorgekrochen und zurück in seine Wohnung geschlichen war, setze er sich ins Wohnzimmer zu seinen Eltern, die eine Unterhaltungsshow im Fernsehen angemacht hatten. Er holte sich Knabberzeug aus der Küche und seine Bettdecke zum Sofa. Ab und zu lachten seine Eltern, wenn der Moderator einen Witz gemacht hatte. Julian lachte mit, auch wenn er den Witz nicht verstand. Irgendwann musste er eingeschlafen und von seinen Eltern ins Bett getragen worden sein, denn er wachte am nächsten Morgen in seinem Zimmer auf. Für den Nachmittag lud er Markus ein. Lange hatte er niemanden zu sich nach Hause eingeladen. Tatsächlich war zum ersten Mal, seit Sebastian nicht mehr da war, jemand anderes in seinem Zimmer, mit dem er Lego spielte. Schließlich kramten sie ihre Brettspiele

heraus und spielten eine lange Runde *Risiko* um die Welt-
herrschaft, bis Susanna sie in die Küche rief und ein kleines
Abendbrot servierte. Kurz danach erschien Markus' Mutter, um ihren Sohn abzuholen. Julian begleitete beide nach
unten, und als die Haustür hinter ihnen ins Schloss fiel,
kroch er erneut unter die Treppe. Endlich hatte Sina geschrieben.

Auf eine letzte Reise ...

Die seinen Tod zum Ende hat.

Lange saß er unter der Treppe und schaute auf ihre
Worte. Sina hatte das Gedicht beendet und den Halm aufgegeben. Traurigkeit stieg in Julian auf. Anscheinend hatte
er es nicht geschafft, Sina genügend Hoffnung zu machen,
dass alles wieder gut werden würde. Außerdem hatte das
Schicksal des Halms irgendwie Ähnlichkeit mit seinem Bruder. Sebastian war auch aus seinem Leben herausgerissen
worden. Natürlich hoffte er immer noch, dass Sebastian irgendwann von seiner Reise zurückkehrte, an seinen Platz
bei ihnen zu Hause. Aber war er in Wirklichkeit auch auf
seiner letzten Reise?

Mit hängendem Kopf stieg Julian die Treppe hinauf in
sein Zimmer. Er legte sich auf sein Bett, nahm das Hummelglas in die Hand und betrachtete es, während er überlegte, ob er Sina überhaupt noch etwas schreiben sollte.
Kurz dachte er darüber nach, bei ihr zu klingeln und ihr das
Hummelglas zu schenken. Aber er wusste nicht recht, was

das ändern würde. Ratlos lag er da und starrte abwechselnd auf die Hummel und an die Decke. In solchen Momenten hätte er Sebastian gefragt, was er tun sollte. Wenn man ihn brauchte, war er immer da gewesen. So wie damals, als sie zum ersten Mal alleine zu Hause waren und Sebastian ihm seine Angst nahm. Jetzt war alles anders.

Nun war er derjenige, der nicht antwortete. Er wusste nicht, was. Tagelang grübelte er vor sich hin. Eines Nachmittags, als er von der Schule heimkehrte und keine Idee hatte, was er zu Hause machen sollte, packte Julian seine Rollschuhe und machte sich erneut auf den Weg zur Eisdiele.

So traurig Sinas Antwort auch war, hier draußen fasste Julian Zuversicht. Die frische Luft machte seinen Kopf klar, die Bäume und Pflanzen beruhigten ihn. Er kaufte sich ein Eis und setzte sich damit wieder auf das Grünstück, aus dem er die Halme ausgerissen hatte. Im Kopf ging er den Treppendialog nochmal Satz für Satz durch. Nachdenklich schleckte er an seinem Eis und strich mit der anderen Hand über das Gras. Was konnte er Sina schreiben? Vielleicht war die Antwort gar nicht so schwierig. Wenn Sina sich allein fühlte, sollte er ihr sagen, dass sie nicht allein war. Denn er war für sie da.

Du bist wie einer dieser Grashalme
Er lebt glücklich zwischen all den anderen
Aber manchmal kommt ein Mensch und rupft ihn heraus

Dann ist er allein und kann keine Wurzel mehr schlagen
Doch die Sonne wärmt ihn mit ihren Strahlen
Bis der Regen ihn davonträgt
Über die Spitzen seiner Artgenossen
Fort von seinem immerwährenden Platz
Auf eine letzte Reise
Die seinen Tod zum Ende hat.

Er schaute auf die Grashalme, zupfte einen heraus und sah ihn sich ganz genau an. Seine sattgrüne Farbe, die Furche in seiner Mitte, die feinen Rinnen, die spitz zulaufende Form ...

Julian zupfte einen zweiten Halm heraus und hielt ihn neben den ersten. Der zweite Halm hatte die gleichen Merkmale wie der erste, war nur ein wenig länger. In dem Moment wurde ihm klar, dass er die Antwort in seiner Hand hielt! Jetzt wusste er, was er Sina schreiben konnte. Aufgeregt fasste er beide Halme zwischen Daumen und Zeigefinger seiner linken Hand, sprang auf und machte sich schnurstracks auf den Heimweg.

In seinem Zimmer suchte er nach einer kleinen Box. Im Schreibtischcontainer fand er eine Schatulle, die Sebastian gehörte. Darin lagen ein paar Münzen, ein Radiergummi, ein Anspitzer und eine Stiftkappe. Sebastian hätte bestimmt nichts dagegen, wenn er sich die Schatulle auslieh. Kurzerhand schüttete er den Inhalt aus, legte beide Halme hinein, schloss die Schatulle und griff nach dem Filzstift, den er für den Treppendialog benutzte. Dann schlich er sich aus der

Wohnung und kroch unbemerkt unter die Treppe im Erdgeschoss. Die Schatulle legte er auf den Boden. Unter das Gedicht schrieb er:

Du bist nicht allein

SECHS

Ein lauter Schluchzer riss Julian aus dem Schlaf. Er schaute auf seinen Wecker. Es war bereits neun Uhr morgens. Leise öffnete er seine Zimmertür und spähte hinaus. Der Geruch von frischem Toast stieg ihm in die Nase. Er hörte das Brodeln der Kaffeemaschine und das Geklapper von Geschirr. Plötzlich war er sich unsicher, ob er den Schluchzer nur geträumt hatte. Langsam zog er sich an und huschte kurz ins Bad. Als er die Küche betrat, war nur sein Vater da.

»Wo ist Mama«, fragte Julian.

»Guten Morgen, Julian«, sagte Friedbert und zeigte auf den Frühstückstisch. Willst noch etwas anderes?«

Julian überflog den reich gedeckten Tisch. Toaste lagen mit einem Tuch bedeckt im Brotkorb, ein Ei stand mit Eierwärmer bedeckt neben dem Salzstreuer, und ein seltenes Glas Nutella ergänzte Marmelade und Honig.

Er staunte und nahm einen Schluck heißen Kakao.

»Alles gut«, sagte er.

»Mama ist im Wohnzimmer«, sagte Friedbert und stand etwas unschlüssig vor dem Tisch.

»Habt ihr schon gegessen?«, fragte Julian.

»Ja, wir sind schon fertig.«

Friedbert schien zu überlegen, ob er bei Julian bleiben oder Susanna im Wohnzimmer Gesellschaft leisten sollte. Dann goss er sich eine weitere Tasse Kaffee ein, setzte sich vor Eck auf seinen Platz und blätterte in einer Zeitschrift.

Das Frühstück war sehr lecker. Als Julian seinen dritten Toast mit Nutella bestrich, fragte er: »Was machen wir heute?«

Friedbert sah flüchtig von der Zeitschrift auf, während sich eine Denkfalte auf seiner Stirn bildete. Dann zuckte er mit den Schultern. »Worauf hättest du Lust?«

»Ich weiß nicht. Können wir ins Kino?«

Friedbert überlegte. Julian fand, dass er sich merkwürdig verhielt. Nicht wie sonst.

»Das müssen wir mit Mama besprechen«, sagte er. »Wir wollen ohnehin gleich einmal mit dir sprechen«.

Diese beiläufige, aber ungewöhnliche Bemerkung verunsicherte Julian.

»Worüber wollt ihr sprechen?«, fragte er.

Friedbert schien über seine Frage zu stolpern, so als hätte er nicht damit gerechnet. Er nahm einen Schluck Kaffee. »Können wir gleich ...«, sagte er und schüttelte abtuend den Kopf.

»Wieso, was ist denn?«

Friedbert stand auf. »Iss mal in Ruhe auf und dann komm zu uns ins Wohnzimmer.« Er stellte seine Tasse in die Spüle und verließ die Küche.

Verwirrt sah Julian ihm nach und begann, das Ei zu pellen.

Plötzlich war er wieder da, der Schluchzer. Diesmal leiser, aber unverkennbar.

Julian verging der Appetit. Er ließ alles stehen und ging zu seinen Eltern ins Wohnzimmer. Susanna saß auf der Couch. Julian sah sofort, dass sie Tränen in den Augen hatte. Friedbert saß neben ihr und hielt sie an der Schulter.

Die Erkenntnis traf Julian wie ein Blitz. Die Schluchzer. Das merkwürdige Verhalten seines Vaters. Das ausgiebige Frühstück, um ihm etwas Gutes zu tun, bevor ...

Der Moment war gekommen. Jetzt würden sie ihm sagen, dass Sebastian gestorben war.

Wie erstarrt blieb er vor dem Sofa stehen und starrte auf seine Mutter. Oder durch sie hindurch.

Susanna lächelte ihn an. Ein gequältes Lächeln. Sie neigte den Kopf und streckte eine Hand nach ihm aus, aber er blieb, wo er war, rührte sich keinen Zentimeter. Sie tat sich schwer, Worte zu finden.

Sein Vater schritt ein. »Hör mal«, begann er. »Du weißt doch noch, wie ich dir erklärt habe, dass der Tumor in Sebastians Gehirn nicht vollständig entfernt werden konnte.«

Julian nickte.

»Die Ärzte haben festgestellt, dass er gestreut hat. Das heißt, er ist weitergewachsen, an unterschiedlichen Stellen.

Das macht es unmöglich, ihn zu entfernen. Sebastians Zustand hat sich in den letzten Wochen immer weiter verschlechtert. In den letzten Tagen besonders.«

»Sie können nichts mehr für ihn tun«, sagte Susanna plötzlich und schaute kurz zur Decke, als wolle sie die Tränen am Herausfließen hindern. »Der Tumor ist …«. Susanna zeigte auf ihren Kopf und kämpfte gegen die Tränen an. »Er ist …«

Weiter kam sie nicht. Friedbert streichelte ihre Schulter und vollendete den Satz.

»Das Tumorgewebe sitzt zu tief im Gehirn drin und an zu vielen Stellen. Wenn man versuchen würde es rauszuholen, würde Sebastian das nicht überleben.«

»Und wenn es da drin weiterwächst?«, rief Julian.

Jetzt kämpfte auch Friedbert mit den Tränen.

»Auch das wird er nicht überleben«, sagte er. »Wir fahren nachher hin und verabschieden uns von ihm«.

Ein paar Tage später saß Julian draußen vor ihrem Wohnblock an einem der Beete, die rundherum den Parkplatz umsäumten. Er hatte sein Hummelglas dabei und starrte mürrisch hinein. Sina hatte auf die Schachtel und seine Worte unter der Treppe nicht geantwortet. Allerdings war die Schachtel nicht mehr da, Sina hatte sie also mitgenommen. Hoffentlich schrieb sie ihm bald etwas. Hin und wieder blickte er hoch zu ihrem Fenster, aber die Reflektionen in der Scheibe waren undurchsichtig.

Die Hummel im Glas war ein wirklich feines Geschöpf. Ihre Farben waren warm und schön. Aber etwas störte Julian. Er konnte nicht sagen, was es war. Es war nur ein vages, unstimmiges Gefühl. Er beugte seinen Kopf über das Glas und sah genauer hin.

»Hallo«, hörte er plötzlich eine leise Stimme. Überrascht blickte er auf. Sina stand vor ihm.

»Ich habe dich aus meinem Zimmer hier unten sitzen sehen.« Schüchtern sah sie zu Boden. Aber dann, etwas selbstsicherer: »Danke für deine Sätze.« Sie schenkte ihm ein kurzes Lächeln.

Julian nickte nur und schaute wieder aufs Hummelglas.

»Was hast du da?«, fragte sie.

»Eine tote Hummel«, sagte er. »Hat mir ein Nachbar geschenkt.«

Sina setzte sich neben ihn. Zusammen sahen sie sich die Hummel an.

»Guck mal, ihre Härchen«, sagte sie. »Und die Fühler. Alles so zart und zerbrechlich.«

»Ja. Ich mag besonders ihre Farben.«

»Ihr Körper ist richtig flauschig.«

Sie sahen eine Weile schweigend auf die Hummel. Plötzlich fragte Sina: »Wie geht es deinem Bruder?«

Julian überlegte, was er ihr antworten sollte. Seitdem seine Eltern mit ihm gesprochen hatten, fühlte er sich, als läge ein Ziegelstein auf seiner Brust. Er wollte nicht wahrhaben, dass Sebastian sterben würde. Und als sie zum Abschied ins Krankenhaus gefahren waren, hatte er nur ein knappes, gefühlloses »Tschüss« gehaucht, dem er keinen Wert beimaß.

Seither war seine Mutter jeden Tag und jede Nacht bei Sebastian, sie war gar nicht mehr zu Hause. Auch sein Vater war täglich dort, wenn auch nur kurz. Julian durfte dagegen nicht mehr mitkommen. Seine Eltern erlaubten es ihm nicht mehr. Der Abschied war das letzte Mal gewesen, dass er Sebastian gesehen hatte.

»Er schläft immer noch«, sagte er, ohne Sina anzusehen. »Also, er liegt im Koma. Ich weiß nicht, ob man das Schlafen nennen kann.« Vom Tumor erzählte er nichts. Stattdessen zuckte er mit den Schultern und sah weiter ins Hummelglas.

Sina tippte auf seinen Arm und sagte: »Hey, ich wollte dich fragen, ob wir zusammen Rollschuhe fahren wollen. Ich habe dich manchmal von meinem Fenster aus gesehen.«

Überrascht schaute Julian auf. »Hast du denn auch welche?«

»Ja«, sagte sie lächelnd, »ich habe mir von meinen Eltern welche gewünscht, und gestern sind sie angekommen.«

»Okay«, sagte er. »Jetzt gleich?«

»Ich hätte Lust!«, sagte sie.

Seine Stimmung war nicht besonders gut. Aber als er die Freude in Sinas Augen sah, konnte er ihr den Wunsch nicht ausschlagen. »Dann lass uns gleich wieder hier treffen.«

Sie liefen ins Haus, um ihre Rollschuhe zu holen. Das Hummelglas legte Julian zurück auf seinen Nachttisch. Als er mit den Rollschuhen unterm Arm das Treppenhaus nach unten lief, kam ihm ein Gedanke. Vielleicht konnte er seinem Bruder nicht mehr zeigen, was er auf Rollschuhen entdeckt hatte. Aber er konnte es Sina zeigen.

»Du trägst ja gar keine Schützer!«, rief Sina, als sie wenig später ebenfalls auf den Parkplatz herauskam, sorgsam bekleidet mit Knie-, Ellbogen und Handgelenkschützern, und einem Helm.

Jetzt kam er sich leichtsinnig vor. »Habe ich vergessen«, log er und rannte nochmal in die Wohnung, um Helm und Schützer zu holen.

Als er wiederkam, stand Sina wackelig auf ihren Rollen.

»Bist du schon damit gefahren?«, fragte Julian.

»Nein, das ist das erste Mal.«

»Komm, das ist ganz leicht. Ich helfe dir.« Er reichte ihr seine Hand als Stütze. Sina ergriff sie und rollte langsam ein paar Meter vorwärts.

Als sie etwas Sicherheit auf den Rollschuhen gewonnen hatte, fuhren sie einmal um den Block. Natürlich ganz langsam. Zuerst zeigte Julian ihr den Bordstein, dann die Insekten in den Blüten am Straßenrand. Er erzählte ihr von den schlafenden Hummeln, die er einst entdeckt hatte, und von der Ameisenstraße, die ihn hatte staunen lassen. Schließlich wettete er mit ihr, dass sie es nicht schaffen würde, jedem Blatt eines Baums wenigstens für eine Sekunde ihre Aufmerksamkeit zu schenken.

»Das sind viel zu viele!«, rief sie lachend, als sie es versuchte.

Als sie an einem Haus vorbeikamen, dessen umzäunter Garten zur Straße hin lag, rief Sina ihn zurück: »Halt mal an! Komm her, das musst du dir ansehen!«.

Hinter dem Zaun standen nebeneinander mehrere Thujen. Darunter war es schattig und dunkel, der Boden war mit Unkraut bedeckt. Die nackten Stämme der Thujen gaben dem Beet eine Atmosphäre wie im tiefen Wald.

»Siehst du die Elfe? Und die Pilze? Und da, die Tür!«

Erst jetzt fiel ihm auf, dass zwischen den Stämmen kleine Märchenfiguren versteckt waren. Julian entdeckte eine Fee, die mit ausgebreiteten Flügeln ihre Arme in die Luft streckte. Eine Pilzfamilie kicherte verschmitzt über einen Troll, der in einer Hängematte schlief. Und an einem der Stämme stand eine kleine Holztür, als ob jemand darin wohnte.

»Ja«, flüsterte er, als ob die Figuren wegrennen könnten, wenn sie ihn hörten. »Guck mal, dort.« Er zeigte auf einen kleinen Zwerg, der Ausschau haltend auf einem der untersten Zweige saß, die über den Boden ragten.

»Ist das nicht süß?«, sagte Sina.

Julian sah sie erstaunt an und zog die Schultern hoch. »Mir ist das noch nie aufgefallen, obwohl ich hier schon zig Mal langgefahren bin.«

Sina lächelte und zog an seinem Ärmel. »Komm, vielleicht entdecken wir noch mehr geheime Sachen!«

Aufgeregt rollten sie weiter, bis sie an einer Spielstraße vorbeikamen, auf der einige Kinder einen Parkour für ihre Rollerblades aufgebaut hatten. Die Jungs und Mädchen, die ungefähr in ihrem Alter sein mussten, schauten neugierig auf ihre Rollschuhe und winkten sie heran. Ein Junge hatte sogar ein Skateboard dabei und bot ihnen gleich an, es im Gegenzug für ihre Rollschuhe auszuprobieren.

Sie blieben fast zwei Stunden, veränderten den Parkour hin zu immer schwierigeren Strecken, die keiner von ihnen mehr ohne Sturz schaffte. Nachdem Julian einen weiteren Fehlversuch hingelegt und das freudige Gelächter der anderen über sich hatte ergehen lassen, sagte er: »Wollen wir noch ein Eis essen beim *Pinguin*?«

»Ja«, riefen die anderen. Nur Sina sagte nichts. Ihr Blick wurde ernst, sie wich Julians Blick aus und sagte: »Heute nicht. Ich muss jetzt wieder nach Hause«.

»Okay«, sagte Julian etwas enttäuscht. »Dann komme ich mit.« Zu ihren neuen Freunden gewandt, sagte er: »Machen wir ein andermal, okay?«

Als Julian und Sina auf den Parkplatz vor ihrem Wohnblock rollten, sagte Sina: »Wollen wir morgen wieder zusammen rumfahren?«

Julian nickte eifrig. Zusammen gingen sie die Stufen zu ihrer Wohnungstür hinauf und verabschiedeten sich.

Am nächsten Tag regnete es in Strömen. Julian saß in seinem Zimmer und baute Lego, während er an Sina dachte. Ob sie auch Lego spielte? Vielleicht konnte er sie zu sich einladen. Er dachte darüber nach, wann er zuletzt eine Freundin gehabt hatte. Das musste im Kindergarten gewesen sein, denn während der Grundschulzeit hatte er sich nie mit Mädchen getroffen. Im Kindergarten, erinnerte er sich, hatte er oft mit Laura gespielt. Und Henning, dieser abscheuliche Nichtsnutz, hatte ihr Spiel ständig gestört ...

In der sogenannten Kissenecke hatten Julian und Laura eine Höhle errichtet, einen Unterschlupf nur für sie beide. Hier wollten sie ungestört sein, spielen und ausruhen, sich vom stressigen Kindergartenalltag erholen. Außerdem verkörperten sie dort täglich Mütterchen und Väterchen Löwe, und das Aufziehen von Jungtieren bedurfte ihrer ganzen Anstrengung und Fürsorge. Deshalb duldeten sie keine Eindringlinge, schon gar keine nervtötenden Unruhestifter wie Henning. Der angeberische Blondschopf machte sich zur Aufgabe, ihr Spiel zu zerstören. War es ihre Bewegungsart auf allen Vieren, über die er sich lustig machte, oder ein Nickerchen in der Höhle, das er ausnutzte; er störte sie mit voller Absicht, ärgerte sie mit Sprüchen – »Ei ei ei was seh ich da ...« –, oder besetzte ihren Unterschlupf. Aus Ärger beschwerte Julian sich bei der Erzieherin Sie wiederum schenkte ihm wenig Glauben oder hielt nichts von Streitereien, meinte, sie sollten das selbst regeln oder Henning ins Spiel mit einbeziehen. Das versuchten sie auch, doch Henning wollte nicht mitspielen, alberte herum, nahm sie nicht ernst, wollte nur stören. Wieder meldete Julian seinen wachsenden Ärger der Erzieherin. Sie versprach, ein Auge auf Henning zu werfen, ging aber zu den schaukelnden Kindern im Garten. Henning nutzte ihre Abwesenheit brutal aus. Er zerstörte die Höhle, indem er alle Kissen umher schmiss und die stützenden Matratzen umkippte. Als er das tat, platzte Julian der Kragen. Er bäumte sich vor Henning auf und rief: „Wenn du noch einmal unsere Sachen kaputt machst, mach ich aus dir Kleinholz!" Vor Schreck stolperte Henning rückwärts und fiel auf einige Duplosteine, die auf dem Boden herumlagen. Er schrie vor Schmerz. Julian erschreckte sich ebenfalls und reichte ihm die Hand, um ihm aufzuhelfen. Schweigend zog Henning sich zurück. Für den Rest des Tages mied Henning sie, aber am nächsten Tag fragte er, ob er mitspielen könne.

Vielleicht hatte Julian deshalb – da Henning sein gemeines Verhalten auf die Duplosteine legte – niemals einen Sinn für Letztere gehabt. Erst Legosteine taten es ihm an; die Phase, in der er seine ausschweifende Fantasie Raumfähren, Ritterburgen und Piraten widmete, ist eine über Jahre andauernde Geschichte für sich, in der Sebastian immer seinen Platz hatte ...

Er ließ seine Legosteine liegen und stand auf. Er würde jetzt zu Sina gehen. Der Gedanke machte ihn etwas nervös. Aber er nahm seinen Mut zusammen, ging ein Stockwerk tiefer, und klingelte.

Sinas Mutter öffnete.

»Hallo, ist Sina da?«, fragte er.

In dem Moment kam Sina in den Flur und lächelnd auf ihn zu. »Hallo, Julian! Bei dem Wetter wird das wohl nichts mit dem Rollschuhfahren«.

»Ich weiß«, sagte Julian. »Hast du Lust bei mir Lego zu spielen?«

Zu seinem Erstaunen kam ihre Antwort ohne zu zögern: »Klar!«

Als sie die Stufen hochgingen, fragte Julian: »Hast du was dagegen, wenn ich meinen besten Freund auch einlade?«

»Kannst du machen. Wie heißt er?«

»Markus.«

Zwar dauerte es eine Stunde, bis Markus dazustieß, aber in der Zwischenzeit hatten Julian und Sina bereits eine Felsenhöhle gebaut, die ein paar Abenteurern Unterschlupf bot. Im Hintergrund lief ein Hörspiel von den Fünf Freunden.

Markus und Sina verstanden sich auf Anhieb. Sie erweiterten die Felsenhöhle um eine ganze Gebirgslandschaft mit geheimen Verstecken, in denen wertvolles Räubergut untergebracht war, und spielten damit bis Friedbert sie zum Mittagessen rief. Er hatte Lasagne gemacht und setzte sich mit ihnen zusammen auf die Eckbank in der Küche. Sie waren alle gut gelaunt, und sogar Friedbert blühte auf. Wahrscheinlich freute er sich über die ungewohnte Lebendigkeit, die Julian und seine Gäste in die Wohnung gebracht hatten. Schade, dass Susanna nicht auch da war. Sie war wie immer bei Sebastian im Krankenhaus. Seit sie sich von ihm verabschiedet hatten, war sie noch stiller geworden. Die Zeit, die sie im Krankenhaus verbrachte, zehrte an ihren Kräften. Und was mit ihr geschehen würde, wenn Sebastian wirklich von ihnen gehen würde, wollte Julian sich gar nicht erst vorstellen.

Solange das Wetter es zuließ, traf Julian sich fast jeden Tag mit Sina, um zusammen Rollschuh zu fahren. Oft erzählten sie sich, was sie in der Schule erlebt hatten (sie stellten fest, dass die spannendsten Geschichten in den Pausen passierten). Manchmal schwiegen sie und rollten einfach mehrmals um den Block, ohne etwas zu sagen. Sina wollte immer entlang der vertrauten Straßenzüge bleiben, nie weiter weg. Und wenn Julian nach Hause musste, kam sie immer mit, sie blieb nicht ohne ihn draußen.

Es war toll, in unmittelbarer Nähe jemanden zum Spielen und Verabreden zu haben. Bislang war das immer sein Bruder gewesen. Jetzt war es Sina.

Ende September, als der Sommer nicht gehen wollte, sprach Julian Sina auf den Vorfall im Wald an. Es war Freitag, und die beiden waren nach der Schule auf ihren Rollschuhen unterwegs. Nachdem sie um den Block gefahren waren, setzten sie sich auf dem Parkplatz vor ihrem Haus auf einen Bordstein und ruhten sich aus. Nach einer Weile sagte Julian: »Ich habe dich im Wald gesehen. Ich war zufällig mit meinen Rollschuhen dort.«

»Ich weiß«, sagte Sina. »Ich habe ja gemerkt, dass der Mann durch irgendwen abgelenkt wurde. Aber dass du das warst, wusste ich erst, als ich deinen Satz unter der Treppe gesehen habe.«

»Wie ist das passiert?«, fragte Julian hilflos. »Wer war der Mann?«

Sina zuckte mit den Schultern. Ihr Gesichtsausdruck war von Ekel und Angst überzogen. Sie bewegte langsam ihren Kopf hin und her. »Es war der Mann vom Flohmarkt.«

»Wer?«, fragte Julian.

Sina holte tief Luft. »Ich war an dem Morgen mit zwei Freundinnen auf einem Flohmarkt hier in der Nähe. Wir hatten zusammen eine Decke und haben ein paar Sachen verkauft, altes Spielzeug, ein paar Brettspiele und so was. Der Mann hat ein Buch gekauft. Für einen Euro.«

»Und was ist dann passiert?«

»Nichts. Er ist weggegangen. Und irgendwann später hatte ich einen Streit mit meinen Freundinnen. Clara hatte etwas von meinen Sachen verkauft, als ich auf der Toilette war, aber sie wollte mir das Geld nicht geben. Deshalb haben wir angefangen, uns zu streiten.«

»Und wann hast du den Mann wiedergetroffen?«

»Nach dem Streit habe ich mich auf den Weg nach Hause gemacht. Allein. Dann fing es zu regnen an. Ich wurde pitschnass. Plötzlich hielt ein Auto neben mir an. Das war der Mann, der das Buch gekauft hatte. Er meinte, ich solle schnell einsteigen, weil es viel zu nass sei, um bei dem Regen zu Fuß nach Hause zu gehen. Er wolle mich nach Hause fahren.«

»Da bist du eingestiegen?«

Sina nickte. »Er hat sich vom Fahrersitz aus verrenkt, um die hintere Wagentür zu öffnen. Innen sah es trocken und gemütlich aus. Ein Schwall warmer Luft kam mir entgegen und meine Kleidung war nass, mir war so kalt. Irgendwie habe ich auch geglaubt, dass der Mann mir bei meinem Streit mit Clara helfen könnte. Also bin ich eingestiegen. Eigentlich weiß ich ja, dass man nicht zu fremden Leuten ins Auto steigen darf.«

Verlegen wandte sie den Blick ab. Offensichtlich schämte sie sich.

Julian fuhr fort: »Und dann ist er einfach so mit dir in den Wald gefahren?«

»Naja, er ist halt losgefahren. Wieder zuckte sie mit den Schultern. »Erst habe ich mich gewundert, dass es ihm nichts ausmacht, dass ich die guten Ledersitze nass tropfe. Alles sah so sauber aus. Ich habe ihm vom Streit mit Clara erzählt und er versprach, mir zu helfen. Aber er sagte, er wolle erst darüber nachdenken. Dann haben wir nichts mehr gesagt und ich habe auch nicht auf den Weg geachtet. Ich wurde müde. Alles war so ruhig. Und der Mann hat die Heizung ziemlich aufgedreht. Das hat mich noch müder gemacht.«

»Kannst du dich an den Mann erinnern? Ich meine, an sein Gesicht?«

Sina überlegte. »Ein bisschen vielleicht. Ich weiß noch, wie ich ihn im Rückspiegel ansah und dachte, dass er aussieht wie ein Frosch! So ein komischer breiter Mund und große Kulleraugen.«

»Guck mal«, sagte Julian, »du kannst das Gesicht des Mannes und das Wageninnere beschreiben. Ich kann das

Auto von außen beschreiben. Da sind wir schon mal ziemlich weit.« Er sah sie ernst an. »Wir müssen mit unseren Eltern reden. Und zur Polizei gehen.«

»Ja«, sagte sie leise.

»Wir müssen alles erzählen, woran wir uns erinnern können. Sie müssen den Mann finden und verhaften.«

Sina sah weg und schwieg.

Julian seufzte, aber setzte nochmal an: »Und wann hast du gemerkt, dass er dich nicht nach Hause fährt?«

Sina drehte ihren Kopf wieder zu ihm. »Irgendwann halt. Das Auto fuhr nicht auf den Straßen, die zu uns nach Hause führen. Da habe ich irgendwie gewusst, was passieren würde.«

Julian rechnete nicht damit, dass sie noch mehr dazu sagte. Aber zu seiner Überraschung fuhr sie fort: »Es hat sich angefühlt, als ob ...« Sie schüttelte den Kopf. »Mein Bauch fühlte sich auf einmal ganz komisch an. Ich habe es ganz deutlich gespürt. Mir war nicht übel oder so, sondern ...« Erneut hielt sie inne. »Weißt du, vor ein paar Wochen stand ich mit Clara vor Hannas Haustür, um sie zum Spielen abzuholen. Wir gehen alle in eine Klasse. Hanna hat einen großen Bruder, der gerade im Wohnzimmer saß und einen Film sah. Als Hanna sich die Schuhe anzog, flüsterte sie: ›Der Film ist erst ab sechzehn! Den dürft ihr noch nicht sehen!‹

›Was passiert denn da?‹, fragten wir neugierig. Und Hanna sagte: ›Der Mann da hat ein Alien in sich. Es wird gleich aus ihm herausplatzen. Er stirbt dabei.‹

Und so habe ich mich im Auto gefühlt. Als wolle ein A-lien aus mir herausplatzen. Und ich habe auch gewusst, dass ich dabei sterben würde«.

Plötzlich begann Sina zu weinen. Julian streichelte vorsichtig ihre Hand. Als sie sich etwas beruhigt hatte, sagte sie: »Und dann kam das Alien wirklich.«

»Wie meinst du das?«, fragte Julian.

»Als ich wusste, was passieren würde, war ich wie gelähmt. Ich hatte Todesangst. Aber als dein Schrei kam und der Mann zur Tür raus ist, hat es sich angefühlt, als würde das Alien aus mir herausplatzen. Plötzlich hatte ich keine Angst mehr. In mir hat sich eine Riesenkraft aufgebaut, so als würden sich alle Gefühle in mir verbünden und explodieren. Ich war ganz wach und konnte alles glasklar sehen, fast wie in Zeitlupe. Ich bin aus dem Auto rausgesprungen und weggelaufen und habe mich gefühlt, als sei ich der schnellste Mensch auf der Erde.« Sie machte eine Pause und zuckte noch einmal mit den Schultern. »Wahrscheinlich einfach ein Adrenalinschub.«

Sie schwiegen beide. Ihre Schilderungen bereiteten Julian Herzklopfen. Er fühlte sich in die Situation zurückversetzt.

»Wo warst du denn, als das passiert ist?«, fragte Sina plötzlich.

»Ich war hinter einem Baum. Dort habe ich mich ganz klein gemacht und versteckt. Nachdem du weggelaufen bist, ist der Mann in sein Auto gestiegen und weggefahren. Dann bin ich nach Hause gelaufen und hab nach dir

gesucht. Ich hab noch gesehen, wie du ins Haus gegangen
bist.«

Sina nickte und sie schwiegen wieder.

Schließlich deutete Julian mit dem Kopf zur Haustür und
sagte: »Gehen wir rein?« Er konnte sich vorstellen, dass
Sina jetzt für sich sein wollte.

Sina nickte. Aber bevor sie aufstand, sagte sie: »Wie geht
es deinem Bruder?«

Traurig schaute Julian zu Boden. »Sebastian wird sterben. Wir haben uns bereits von ihm verabschiedet«.

»Oh nein«, sagte Sina und griff nach seiner Hand. »Das
tut mir leid.«

Julian schlief lange in den nächsten Tag hinein. Nach
dem Frühstück ging er in sein Zimmer und versuchte, in
seinem Notizbuch zu schreiben. Aber er fand keine Worte.
Was konnte er tun? Sich verabreden? Irgendwie hatte er
keine Lust, jemanden zu treffen. Weil ihm nichts Besseres
einfiel, ging er mit seinen Rollschuhen raus, um ein bisschen herumzufahren. Als er im Erdgeschoss ankam, hielt
er inne und verweilte ein paar Sekunden mit seinem Blick
auf den Stufen. Der Treppendialog gehörte nun der Vergangenheit an. Julian lächelte kurz und kroch spontan unter
die Treppe. Er wusste nicht recht, wieso. Vielleicht wollte
er einfach nochmal in den Erinnerungen schwelgen. Überrascht sah er, dass Sina ihm etwas geschrieben hatte:

In jeder Hummel lebt seine Seele weiter

Vorsichtig strich er mit seinem Zeigefinger über die Worte. Was genau bedeuteten sie? Sicher wollte Sina ihm Trost spenden, nachdem er ihr gestern von Sebastians Zustand erzählt hatte. Einen Moment dachte er über ihren Satz nach. Vor ein paar Wochen hatte er Sina sein Hummelglas gezeigt und ihr auf ihrer ersten gemeinsamen Rollschuhfahrt von den schlafenden Hummeln erzählt. Sie hatten zusammen nach Hummeln und anderen Tierchen Ausschau gehalten, während er ihr erzählte hatte, was er seit seinem zwölften Geburtstag alles auf seinen Rollschuhen entdeckt hatte. Das war vermutlich der Grund, weshalb sie ihm etwas zu den Hummeln geschrieben hatte. Ihm war trotzdem nicht ganz klar, was sie meinte. Lebte Sebastians Seele wirklich in jeder Hummel weiter?

Kurzerhand ließ er seine Rollschuhe unter der Treppe liegen, lief zurück in die Wohnung und holte seinen Stift. Als er wieder unter der Treppe war, ziemlich außer Atem, schrieb er unter Sinas Satz:

Was ist die Seele?

Draußen drehte Julian nur eine kurze Runde. Es war bedeckt und schwül. Ihm war nicht danach, Rollschuh zu fahren.

Als er in den Wohnblock zurückkehrte, hatte Sina noch nicht auf seine Frage geantwortet. Er stieg die Stufen hoch und betrat gelangweilt seine Wohnung. Leise lugte er ins Wohnzimmer. Seine Mutter lag in eine Decke eingewickelt auf der Couch und schlief. Seinen Vater hörte er in der Küche das Mittagessen vorbereiten. Er ging zu ihm.

»Was kochst du?«, fragte er.

»Eine Spinat-Lauch-Suppe«, sagte Friedbert. »Wenn du magst, kannst du mir helfen.«

Julian zuckte mit den Schultern und nickte. Friedbert gab ihm einen Pürierstab und erklärte ihm, wie man ihn bediente. »Damit pürierst du alles fein, was im Topf ist.«

»Ich dachte, Mama ist Krankenhaus?«, sagte Julian, während er den Pürierstab inspizierte.

»Gestern kam sie spät am Abend nach Hause. Sie schläft schlecht im Krankenhaus. Sie brauchte mal eine Nacht hier im vertrauten Bett. Ich fahre nach dem Essen hin und sie bleibt hier, bis sie sich etwas ausgeruht hat.«

»Kann ich mitkommen?«

Sein Vater seufzte. »Darüber haben wir doch gesprochen.«

Julian startete den Pürierstab. Als er fertig war, schmeckte Friedbert die Suppe ab und füllte eine Schale mit der Suppenkelle. Aus dem Ofen holte er ein Baguette.

»Willst du jetzt auch essen?«, fragte er.

»Ich hab noch keinen Hunger«, sagte Julian und schüttelte den Kopf.

»Okay, dann kannst du dir die Suppe einfach später warm machen. Am besten isst du mit Mama zusammen.«

Julian ging zurück in sein Zimmer. Gerade wollte er sich auf sein Bett legen, da fiel sein Blick auf Sebastians Nachttisch. Dort standen eine Lampe und ein Wecker. Der Wecker wiederum stand auf einem Buch. Ein dicker, gebundener Wälzer. Julian holte sich das Buch. Es war schwer. Er klappte es an der Stelle auf, an der ein Lesezeichen herauslugte. Sebastian hatte die ersten achtzig Seiten gelesen. Julian meinte sich zu erinnern, dass Sebastian davon erzählt hatte, ein neues Fantasy-Buch angefangen zu haben. Julian sah sich den Umschlag an. *Der Name des Windes.* Es handelte sich um den ersten Teil einer dreiteiligen Chronik, und gleich am Anfang gab es eine Karte der Welt, in der die Geschichte spielte. Interessiert sah er sich die Karte an und blätterte zum ersten Kapitel. Schon der erste Satz packte ihn. Kurzerhand legte Julian sich aufs Bett und begann zu lesen. Die Geschichte ließ ihn nicht mehr los. Zum einen, weil sie wirklich spannend war. Zum anderen, weil Julian sich seinem Bruder nahe fühlte. Schließlich hatte er das Buch ebenfalls gelesen, zumindest den Anfang. Beim Lesen fühlte Julian sich, als läge Sebastian neben ihm, als würden sie zusammen das Buch lesen. Er vermisste diese Nähe.

Bis in den späten Nachmittag hinein blieb er in seinem Zimmer und las. Nur einmal stand er auf, um sich die Suppe aufzuwärmen. Er aß allein, da seine Mutter immer noch auf der Couch im Wohnzimmer lag und schlief. Sie musste einen Film gesehen haben, denn als er das Wohnzimmer betrat, lief der Fernseher noch.

Irgendwann erreichte Julian Sebastians Lesezeichen. Als er auf die nächste Seite umblätterte, war das Gefühl, Sebastian nahe zu sein, wie weggeblasen. Diese Seiten hatte sein Bruder noch nicht gelesen. Plötzlich fühlte er sich allein, irgendwie leer. Er klappte das Buch zu. Zeit für eine Pause. Als er es auf seinen Nachttisch legte, fiel sein Blick auf das Hummelglas. Unwillkürlich erschien Sinas Satz in seinem Kopf. Er nahm das Hummelgas in die Hand und betrachtete es.

In jeder Hummel lebt seine Seele weiter.

»Sebastian?«, sagte er leise und kam sich im selben Moment albern vor. Sebastian war im Krankenhaus und nirgendwo anders. Was war die Seele überhaupt? Hoffentlich würde Sina ihm etwas dazu schreiben.

Unschlüssig sah er sich die Hummel an. Plötzlich wurde ihm klar, was ihn seit jeher an ihr störte: Sie war gefangen! Sie war im Glas gefangen wie Sebastian im Koma.

Julian inspizierte das Glas von allen Seiten, fand aber keine Möglichkeit, es zu öffnen. Auf einmal sah er darin seine Reflektion, sein Gesicht, seine Augen. Kurz starrten sein Spiegelbild und er sich an, dann umschloss er das Glas mit seinen Händen und drückte fest zu. Er wollte das gläserne Gefängnis zerstören und die Hummel befreien. Julian verstärkte den Druck, aber nichts geschah. Kurzentschlossen stand er auf, räumte seine Fensterbank leer und öffnete das Fenster. Warmer Wind schlug ihm entgegen. Der Himmel hatte sich verdunkelt. Es sah aus, als würde es bald gewittern. Vorsichtig schaute er hinunter auf den Parkplatz.

Von hier oben war der Blick nach unten ziemlich unheimlich. Seine Eltern hatten ihm eigentlich verboten, das Fenster ganz zu öffnen. Aber jetzt setzte er sich darüber hinweg. Er nahm das Hummelglas in seine rechte Hand und machte sich bereit zum Wurf.

»Ich befreie dich, Sebastian«, sagte er leise zur Hummel. »Jetzt liegt es an dir, aufzuwachen.«

Für zwei oder drei Sekunden flog das Glas still zu Boden. Dann zersplitterte es, fast unhörbar, auf dem Parkplatz. Rasch schloss Julian das Fenster, lief in den Flur und zog seine Schuhe an. So schnell er konnte, lief er die Treppen hinunter und raus auf den Parkplatz. Draußen, unter seinem Fenster, sah er die dünnen Scherbensplitter auf dem Boden liegen. Er staunte, wie weit sie sich verteilt hatten. Sorgsam suchte er alle zusammen, warf sie in die Mülltonne und suchte seine Handflächen nach Splittern ab. Dann hielt er Ausschau nach der Hummel, die mit dem Glas zu Boden gefallen war. Aber er fand sie nicht. Er suchte die Aufprallstelle überall ab, schaute in die Beete ringsherum, aber fand sie nirgends. War sie an der frischen Luft einfach zu Staub zerfallen?

Plötzlich tropfte es nass auf seine Stirn. Er sah hoch. Der Himmel sah düster aus, erste Regentropen fielen zu Boden. Schnell lief er zurück ins Haus, bevor es kräftig zu regnen begann.

In seinem Zimmer las er weiter in Sebastians Buch. Das Gewitter zog bald vorüber und der Himmel klarte auf. Am Abend kam sein Vater aus dem Krankenhaus zurück. Friedbert duschte und fing an, das Abendbrot vorzubereiten. Julian leistete ihm Gesellschaft und half, den Tisch zu decken. Obwohl seine erste Frage immer Sebastian galt, sagte er diesmal nichts. Nachdem er die Hummel befreit hatte, wollte er daran glauben, dass Sebastian aufwachte. Sein Vater sah nicht aus, als hätte es dafür Anzeichen gegeben. Also blieb er still.

Susanna gesellte sich zu ihnen. Sie sah müde aus.

»Fährst du gleich zu Sebastian?«, fragte Friedbert sie.

Susanna schüttelte den Kopf. »Ich bin so kaputt, ich bleibe heute Nacht hier. Morgen fahre ich wieder hin.«

Friedbert nickte und warf Julian einen Blick zu, der eine Botschaft trug. Er sollte jetzt stark sein, Verantwortung übernehmen, im Haushalt helfen.

Julian senkte den Blick.

Beim Essen sagte niemand ein Wort. Fast hätte Julian seinen Vater gefragt, was die Seele sei. Aber irgendetwas sagte ihm, dass er lieber still bleiben sollte.

Als sie fertig waren, räumte Julian den Tisch ab und stellte das dreckige Geschirr in die Spülmaschine. Den Wurstteller bedeckte er mit Frischhaltefolie und stellte ihn zusammen mit der Butter und einem Gurkenglas in den Kühlschrank. Die Krümel im Brotkorb klopfte er über dem Müll aus. Danach ging er wieder in sein Zimmer und las weiter. So lange, bis ihm vor Müdigkeit die Augen zufielen.

Sein erster Gedanke am nächsten Morgen galt der Hummel, die er befreit hatte. Ob sie nach der langen Zeit im Glas wieder zu Kräften gekommen war und draußen umherflog, glücklich, frei zu sein? Natürlich wusste Julian, dass die Hummel aus dem Glas nicht wieder lebendig werden konnte, trotzdem fand er die Vorstellung schön. Sie schenkte ihm Trost und Hoffnung. Plötzlich verspürte er den Drang, raus zu gehen und nach Hummeln Ausschau zu halten. Rasch sprang er aus dem Bett, zog die Gardinen zur Seite und schaute aus dem Fenster. Die Sonne strahlte vom Himmel, die Straßen waren trocken. Das perfekte Wetter zum Rollschuhfahren. Er lauschte an seiner Zimmertür. Obwohl seine Eltern am Wochenende für gewöhnlich nicht besonders lang schliefen, war noch alles still. Leise machte er sich ein Müsli und setzte sich damit an den Küchentisch. Als er fertig war, klopfte an der Schlafzimmertür seiner Eltern. Er öffnete sie einen Spalt breit und steckte seinen Kopf hinein. Verschlafen öffnete Friedbert seine Augen.

»Ich geh ein bisschen Rollschuhfahren, okay?«

Friedbert nickte.

Julian nahm seine Jacke und verließ mit seinen Rollschuhen im Arm die Wohnung. Kurz überlegte er, Sina abzuholen, um mit ihr zusammen Rollschuh zu fahren. Aber spätestens seit dem Anblick seines verschlafenen Vaters war ihm klar, dass es noch zu früh war, um an ihrer Haustür zu klingeln. Also huschte er die Stockwerke allein hinunter.

Kaum war er im Erdgeschoss unter die Treppe gekrochen, sah er, dass Sina auf seine Frage, was die Seele sei, geantwortet hatte.

Das Gefühl, das uns verbindet

Eine wohltuende Wärme breitete sich in ihm aus. Es war, als sei eine kleine Flamme in seiner Brust entfacht. Zwar war er sich nicht sicher, ob er Sinas Antwort verstand. Aber sie erinnerte ihn daran, wie stark Sebastian und er verbunden waren. Sie vermittelte ihm das Gefühl, dass Sebastian lebte und es nicht an der Zeit war, ihn aufzugeben. In dem Moment wurde ihm klar, dass er sich innerlich noch nicht von seinem Bruder verabschiedet hatte. Eben weil er ihn noch nicht aufgegeben hatte. Würde er das jemals tun können? Und würde er das jemals tun müssen?

Er kroch unter der Treppe hervor und zog seine Rollschuhe an. Es war wirklich ein traumhafter Tag, fast zu gut für den Spätsommer. Der Himmel war wolkenlos, und obwohl die Sonne bereits kräftig schien, war die Luft noch frisch und unberührt. In den Blumenbeeten entlang des Parkplatzes summten bereits Insekten. Für diese Geschöpfe war der Tag sicher noch früher losgegangen! Aufgeregt schaute Julian in die Blütenkelche der Blumen. Zu dieser Jahreszeit waren kaum noch Hummeln unterwegs, aber Julian entdeckte ein paar Bienen, die emsig von Blüte zu Blüte flogen.

Plötzlich fühlte er sich Sebastian ganz nahe, so als wäre er bei ihm. Es war ein bisschen wie mit den Buchseiten, die sie beide gelesen hatten.

Er rollte über den Parkplatz und begann seine Runde um den Block. Dabei hielt er stets nach Hummeln Ausschau, fand aber keine. Auf halber Strecke verließ er die Straße in eine andere Richtung. Er hatte Lust, zu der Grünfläche nahe dem *Pinguin* zu fahren, um sich dort eine Weile hinzusetzen. Vielleicht würde er dort auf Hummeln stoßen. Und später, wenn die Eisdiele öffnete, konnte er noch ein Eis kaufen.

So früh am Morgen war auf den Straßen noch nichts los. Außer einem Jogger und einem Hundebesitzer, der mit seinem Vierbeiner Gassi ging, kam ihm niemand entgegen.

Als er die Grünfläche erreichte, zog er seine Rollschuhe aus und ging zu den Beeten ringsherum. Er fand ein paar Insekten, aber keine Hummeln. Schließlich legte er seine Jacke auf die Wiese und setzte sich darauf. Der Rasen war trocken, aber von der Nacht noch etwas kühl. Die Luft duftete nach dem Gras und den Blumen ringsherum. Für einen Moment schloss Julian die Augen. Von der Seite schien ihm die Morgensonne warm ins Gesicht.

Er öffnete seine Augen wieder, als er eine Tür ins Schloss fallen hörte. Eine ältere Dame war aus dem gegenüberliegenden Wohngebäude getreten und begann, aufgestützt auf ihren Rollator, über den Gehweg in Richtung Straße zu spazieren. Als sie ihn sah, lächelte sie etwas verwundert und nickte ihm stumm zu. Er grüßte zurück. Als sie die Straße erreichte und um die Ecke verschwand, legte Julian seine Hand auf die Wiese und strich gedankenverloren über das Gras. Die kühlen Halme kitzelten sanft seine Haut. Plötzlich dachte er an Sina und das Grashalm-Gedicht, das sie unter die Treppe geschrieben hatten. Er stutzte. Dass die Grashalme ihn an Sina erinnerten, war eigentlich nicht überraschend. Schließlich hatte er diesen Vergleich selbst hergestellt, als er Sina mit dem ausgerupften Grashalm verglichen hatte. Aber war es nicht genau das, was Sina meinte? Wenn er einen Grashalm sah, ihn berührte – dann fühlte er sich Sina nahe. Dann fühlte er sich ihr verbunden.

Das Gefühl, das uns verbindet ...

Erneut strich er mit seiner Hand über die Grashalme um ihn herum und dachte dabei an Sina. Da wurde ihm klar, dass er eine ähnliche Verbindung mit Sebastian spürte, wenn er eine Hummel sah. Heute Morgen hatten die Bienen das Gefühl bereits ausgelöst. War das die Seele? Sebastians Seele?

In jeder Hummel lebt seine Seele weiter ...

Auf einmal verlor der Gedanke, dass Sebastian sterben könnte, seinen Schrecken. Wenn Sebastian in jeder Hummel weiterlebte, dann war er für immer bei ihm.

Julian lächelte und spürte einen tiefen Frieden in sich. Das schwere Gefühl, das er seit Wochen in seiner Brust spürte, ließ etwas nach. Er schaute auf seine Armbanduhr. Es war noch zu früh, ein Eis zu kaufen. Aber das war ihm ohnehin egal. Alles, was er wollte, war Sina abzuholen. Er konnte es kaum erwarten, ihr von seiner Entdeckung zu erzählen.

Er stellte seine Rollschuhe im Flur ab und schaute kurz in die Küche, in der seine Eltern gerade frühstückten.

»Ich geh runter zu Sina ...«, sagte er, aber hielt inne. Er sah sofort, dass es seiner Mutter nicht gut ging. Sie weinte und Friedbert hatte eine Hand auf ihre Schulter gelegt.

»Was ist denn?«, fragte Julian vorsichtig.

Susanna schaute auf, ihr Gesicht mit Tränen verschmiert, und starrte ihn für einen Moment wie einen Außerirdischen an. Plötzlich schlug sie mit ihrer Hand auf den Tisch, erhob sich und schrie ihn an: »DU WILLST WISSEN, WAS MIT MIR LOS IST? KANNST DU DIR DAS NICHT DENKEN?«

Tief erschrocken wich Julian zurück. Friedbert versuchte Susanna zu besänftigen, aber sie wischte seine Hand mit einer hektischen Bewegung fort und richtete sich mit schriller Stimme erneut gegen Julian.

»Wie geht es dir denn damit? Kannst du einfach weitermachen als wäre nichts? So wie dein Vater?« Sie zeigte auf sich selbst. »ICH KANN DAS NICHT!«

Plötzlich hatte Julian ein schlechtes Gewissen. Alles fühlte sich falsch an. Dass er in dieser schwierigen Situation, die ihre Familie zerriss, draußen auf Rollschuhen umhergefahren war. Dass er daran gedacht hatte, sich ein Eis zu kaufen und Sina zum Spielen abzuholen. Dass er dabei war, seinen Frieden mit Sebastians Schicksal zu machen ...

Aber dann kamen ihm auch andere Gedanken. Seine Eltern hatten ihm die Rollschuhe geschenkt. Auf ihnen hatte er unzählige schöne Dinge erlebt und die Welt mit anderen Augen gesehen. Die Rollschuhe hatten ihm in dieser schwierigen Zeit geholfen. Sie hatten ihn begleitet, wie ein guter Freund. Und ohne sie hätte er nie herausgefunden, dass Sebastians Seele in den Hummeln weiterlebte.

Obwohl er von ihrem Verhalten bestürzt war, sah er seiner Mutter in die Augen und versuchte auszudrücken, was er fühlte.

»Er fehlt mir auch«, sagte er. »Aber seine Seele ...« Er stockte und senkte den Blick. Ihr zu sagen, dass Sebastians Seele in jeder Hummel weiterlebte, hörte sich bestimmt verrückt an. Also sagte er nur: »Seine Seele ist bei uns.«

Einen Moment sagte niemand etwas.

Dann sagte Susanna mit vorwurfsvoller Stimme: »Und was soll das sein, die Seele?«

Eingeschüchtert hielt Julian seinen Blick auf den Boden gerichtet und antwortete leise: »Das Gefühl, das uns verbindet.«

Er hatte eher zu sich selbst gesprochen, aber seine Eltern hatten es gehört. Ein langer Moment der Stille. Immer noch im Türbogen zur Küche stehend, kämpfte Julian mit den Tränen. Susanna war wie erstarrt. Plötzlich sackte sie in sich zusammen. Friedbert fing sie auf und hielt sie fest, aber sie löste sich aus seiner Umarmung, richtete sich auf und ging auf Julian zu.

»Mein Junge«, schluchzte sie und nahm ihn in den Arm. »Es tut mir leid. Es tut mir so leid«. Friedbert kam dazu und umarmte sie ebenfalls. Julian begann zu weinen.

»Komm«, sagte Susanna und wischte ihm eine Träne aus dem Gesicht. »Lass uns eine Kerze für Sebastian anzünden«. Sie ging zu einem der Küchenschränke und suchte darin nach einer Kerze. Sie fand nur ein Teelicht, aber das war in Ordnung. Friedbert nahm eine Untertasse aus dem Regal und griff nach einer Packung Streichhölzer.

Sie setzten sich um das Teelicht an den Tisch. Susanna nahm ein Streichholz und sagte: »Lasst uns immer eine Kerze anzünden, wenn wir hier zusammensitzen.«

Julian und Friedbert nickten. Susanna zündete das Teelicht an. Sie starrten eine Weile in die liebliche Flamme und hielten sich an den Händen. Jeder dachte an Sebastian.

Dann vergrub Susanna ihr Gesicht in den Händen und weinte wieder.

Nach dem Mittagessen holte Julian endlich Sina ab, um zusammen Rollschuh zu fahren. Er und seine Eltern hatten sich in der Küche noch eine ganze Weile Trost gespendet und um das Teelicht gesessen. Schließlich hatte Friedbert angefangen, das Mittagessen vorzubereiten, und Julian hatte ihm dabei geholfen. Sie hatten zusammen eine Hühnersuppe gekocht.

»Ich war heute Morgen schon unterwegs«, sagte Julian, während er und Sina sich im Erdgeschoss ihre Rollschuhe anzogen.

»Wirklich?«, sagte Sina. »Dann musst du aber früh aufgestanden sein!«

Julian nickte und öffnete die Tür nach draußen. »Ja, ich bin ziemlich früh aufgewacht und bin nach dem Frühstück direkt rausgegangen.« Er überlegte. »Naja, eigentlich wollte ich vorher noch bei dir klingeln, aber du hast bestimmt noch geschlafen.«

Gemeinsam rollten sie über den Parkplatz.

»Und was hast du gemacht?«, fragte Sina.

»Ich wollte eine Hummel finden«, sagte Julian.

Ein Strahlen ging über Sinas Gesicht. »Hast du?«, fragte sie.

Julian schüttelte den Kopf und zeigte auf die Beete hinter ihnen. »Aber ein paar Bienen da in den Blumen. Als ich sie sah, habe ich mich Sebastian nah gefühlt, so wie du es unter die Treppe geschrieben hast.«

Sina lächelte.

»Weißt du, was ich gestern gemacht habe?«, fuhr Julian fort. Sina rollte vom Parkplatz auf die Straße und er folgte ihr, während sie die übliche Strecke um den Block einschlug. »Ich habe mein Hummelglas kaputt gemacht.«

»Was?«, rief Sina. »Wieso das?«

»Weil die Hummel darin gefangen war, so wie Sebastian im Koma.«

Sina sah Julian nachdenklich an. »Du hast recht«, sagte sie schließlich. »Und was hast du mit der Hummel gemacht?«

»Gar nichts, sie war einfach weg. Ich habe das Hummelglas aus dem Fenster geworfen, weil ich es mit meinen Händen nicht zerbrechen konnte. Als ich dann raus bin, um die Scherben aufzusammeln, konnte ich die Hummel nicht mehr finden.«

»Dann hast du sie ja wirklich befreit!«, sagte Sina und lachte.

»Vielleicht«, sagte Julian und zuckte mit den Schultern.

»Und wie geht es deinem Bruder?«, fragte Sina.

»Mein Vater war gestern im Krankenhaus, aber es hat sich nichts verändert.«

»Schade«, sagte Sina.

Julian nickte. Bevor sich Enttäuschung in ihm breit machen konnte, fügte er hinzu: »Aber danke für deinen Satz.« Er warf Sina einen schüchternen Blick zu.

»Na klar«, sagte Sina und winkte ab. »Ich wollte dir einfach etwas Mut machen.«

»Ich weiß«, antwortete Julian. »Das hast du auch. Selbst wenn Sebastian nicht mehr aufwacht, denke ich jetzt immer an ihn, wenn ich eine Hummel sehe. Oder eine Biene.«

Sina lächelte zurück. Schweigend rollten sie nebeneinander die Straße entlang, bis Julian wieder das Wort ergriff.

»Und ich habe noch etwas herausgefunden. Ich verbinde nicht nur Hummeln mit Sebastian, sondern auch Grashalme mit dir. Deine Seele lebt in jedem Grashalm weiter.«

Für einen Moment dachte Julian, er hätte etwas Falsches gesagt, denn Sina sagte gar nichts. Aber dann begriff er, dass sie von seinen Worten gerührt war. Um die Situation

aufzulockern, sagte er: »Ich muss zugeben, es hat ein bisschen gedauert, bis ich deinen Satz verstanden habe ...«

Plötzlich lächelte Sina ihn an und sagte: »Komm, lass uns
Hummeln suchen!«

Julian nickte eifrig. »Ja, wo sollen wir hin?«

Sina überlegte kurz. »Kennst du den Kindergarten im
Park?«

»Ja, aber da war ich schon ewig nicht mehr«, antwortete
Julian.

»Davor gibt es eine große Wiese mit Wildblumen. Da
finden wir bestimmt welche«, sagte Sina.

»Bist du sicher?«, fragte Julian verwundert.

»Einen Versuch ist es wert. Komm!«

»Nein«, begann Julian, »ich meine, ob es OK ist, wenn
wir weiter wegfahren. Sonst bleiben wir ja immer hier in der
Nähe.«

Sina verstand, was er meinte. Seit dem Vorfall im Wald
entfernte sie sich nicht weiter von zu Hause als die Straßen
um den Block, mit Ausnahme des Schulwegs. Aber jetzt
war sie Feuer und Flamme, von Ängstlichkeit war nichts zu
spüren. Sie verdrehte die Augen. »Willst du nun Hummeln
finden oder nicht?«

Julian grinste und folgte ihr.

Wenig später ratterten sie über einen gepflasterten Fahrradweg, der durch den nahegelegenen Park führte. Zwischen Wiesen, Spielplätzen und Bächen hindurch erreich-
ten sie schließlich den Kindergarten, von dem Sina
gesprochen hatte. In der Tat befand sich davor, abgetrennt

durch einen kleinen Holzzaun, eine im Sonnenlicht strahlende Blumenwiese. Hier blühten unzählige Mohnblumen, Gänseblümchen, Stiefmütterchen und Veilchen in leuchtenden Farben.

Julian und Sina stoppten vor dem Zaun, der ihnen gerade mal bis zum Bauchnabel reichte, und beobachteten gespannt die Wiese.

»Da!«, rief Julian. »Eine Biene! Siehst du? Und da noch eine!«

»Ja, ja!«, rief Sina und zeigte auf weitere Blumen. »Sie sind überall. Und wie das hier duftet!«

Sie tat einen tiefen Atemzug durch die Nase.

»Ja, finde ich auch!«, stimmte Julian ihr zu und nahm ebenfalls einen tiefen Atemzug.

Plötzlich stieg nicht weit von ihnen eine kleine Hummel aus einem Blütenkelch empor und surrte langsam zur nächsten Blüte, in der sie sich niederließ.

»Sina!«, rief Julian, zupfte hektisch an Sinas Jacke und zeigte in Richtung der Blume, in der die Hummel verschwunden war. »Da ist eine Hummel! Hast du sie gesehen?«

War das die Hummel, die er befreit hatte? Wieder fühlte er sich Sebastian ganz nahe, so, als wäre er bei ihnen.

Als die Hummel genügend Nektar gesammelt hatte, stieg sie wieder auf.

»Da, jetzt sehe ich sie!«, rief Sina. »Sebastian!« Sie winkte der Hummel zu.

Julian sah Sina eine Sekunde verblüfft an, dann machte er es ihr gleich. »Sebastian!«, rief er zur Hummel und winkte. »Sebastian!«

Die Hummel flog ein Stück auf sie zu und verlangsamte ihren Flug. Erst sah es so aus, als wolle sie sich in einer weiteren Blüte niederlassen. Aber dann stieg sie auf, höher und immer höher, und erst nach einer Weile, die ihnen wie eine Ewigkeit vorkam, verlor sie sich in den Weiten der Natur.

DANKSAGUNG

Ein besonderer Dank gilt Anne-Katrin Weise für das Lektorat und die zahlreichen wertvollen Anmerkungen. Sehr geholfen hat mir zudem Franziska Kaufmann – danke dir, Zissi, für dein gefühlvolles, motivierendes Feedback beim Lesen dieses Buchs, und dass du den Kontakt zur wunderbaren Paula Gaspar hergestellt hast, der ich die wunderschöne Covergestaltung zu verdanken habe. Paula, du bist großartig! Danke für deine Geduld und all die schönen Skizzen, die auf dem Weg zum finalen Cover entstanden sind. Zu guter Letzt danke ich aus tiefstem Herzen meiner Familie und vor allem meiner Frau Mari für die Unterstützung und Geduld und den Glauben an dieses Projekt.